Olhos de azeviche
dez escritoras negras brasileiras em vinte contos

Olhos de azeviche
dez escritoras negras brasileiras em vinte contos

Aidil Araújo Lima

Eliana Alves Cruz

Elisa Lucinda

Elizandra Souza

Hildália Fernandes

Jarid Arraes

Lilian Rocha

Mari Vieira

Raquel Almeida

Simone Ricco

Apresentação: Fernanda R. Miranda

Todos os direitos desta edição reservados à
Malê Editora e Produtora Cultural Ltda.
Editores: Vagner Amaro & Francisco Jorge

Dez escritoras negras brasileiras em vinte contos
ISBN: 978-658774619-7
Capa: Dandarra de Santana
Arte da capa: Ani Ganzala
Diagramação: Maristela Meneghetti

Edição, seleção e organização: Vagner Amaro
Apresentação: Fernanda R. Miranda
Revisão: Kaio Rodrigues

Texto revisado segundo o novo Acordo Ortográfico da Língua Portuguesa.
Proibida a reprodução, no todo, ou em parte, através de quaisquer meios.

Dados internacionais de catalogação na publicação (CIP)
Vagner Amaro – Bibliotecário - CRB-7/5224

O45	Olhos de azeviche: dez escritoras negras brasileiras em vinte contos / Aidil Araújo Lima ... [et al]; organização de Vagner Amaro. – Rio de Janeiro: Malê, 2021.
	120 p.; 21 cm.
	ISBN 978-658774619-7
	Apresentação: Fernanda R. Miranda
	1.Conto brasileiro I. Título
	CDD – B869.301

Índice para catálogo sistemático:
I. Contos: Literatura brasileira   B869.301
2021

Editora Malê
Rua do Acre, 83, sala 202, Centro, Rio de Janeiro, RJ
contato@editoramale.com.br
www.editoramale.com.br

Sumário

Se pode olhar, vê. Se podes ver, repara. Fernanda R. Miranda, 7

Aidil Araújo Lima
Cor de fogo, 11
Coisas ausentes, 13

Eliana Alves Cruz
A passagem, 17
Amnésia, 23

Elisa Lucinda
O desejo de existir, 29
Vida ateliê, 33

Elizandra Souza
Muita trovoada é sinal de pouca chuva, 37
O tênis de Obary, 41

Hildália Fernandes
Memória das águas profundas, 45
Transmutação, 49

Jarid Arraes
Dentinho, 55
Mão de jambo, 61

Lilian Rocha
Raízes, 67
Victória, 71

Mari Vieira
Ana Horizonte, 75
Espinha de peixe, 79

Raquel Almeida
Chimwala, 85
Latasha, 87

Simone Ricco
Lucinda, 93
Alvorada, 97

Se podes olhar, vê. Se podes ver, repara[1].

Fernanda R. Miranda

Certa vez, discursando nas Nações Unidas, a romancista Chimamanda Adichie disse que em sua língua (*igbo*) a palavra amor é *ifunanya*, e sua tradução literal é VER: *"Gostaria de sugerir hoje que este é um tempo para uma nova narrativa, uma narrativa em que nós realmente possamos ver aqueles sobre quem falamos"*. A possibilidade de ver a si, quando o leitor é uma pessoa negra, e aos seus roteiros familiares de experiência e herança, é uma realidade mais tangível na escrita do nosso tempo presente, marcado pela disputa de narrativas. Uma realidade conquistada a duras penas, e ainda em processo.

O olhar como tessitura de afeto e de descobrimento, sem mediações à representação, acende na antologia *Olhos de azeviche* desde o seu primeiro volume, lançado em 2017, e agora neste segundo que nos chega, pleno de pontos-de-vista cujos orientes são outros. Água doce que lava os olhos, podendo dilatar pupilas de quem sempre se vê refletido no cânon – pois, no cenário literário brasileiro ainda altamente conservador e elitista, ver é um ato que

---
[1] José Saramago.

exige primeiro a fratura dos espelhos eurolimitados de narciso – aqueles que a literatura nacional conserva em banho-maria. *Olhos de Azeviche*, vol. II, reúne dez autoras negras brasileiras em vinte contos: duplo que nos permite ver por mais de um ângulo as nuances da escrita de cada uma. Dez autoras aumentando uma roda que, em sua primeira edição, trouxe uma recolha de textos de Ana Paula Lisboa, Cidinha da Silva, Conceição Evaristo, Cristiane Sobral, Esmeralda Ribeiro, Fátima Trinchão, Geni Guimarães, Lia Vieira, Miriam Alves e Tais Espírito Santo. Dessa vez, se juntam à roda Aidil Araújo Lima, Eliana Alves Cruz, Elisa Lucinda, Elizandra Souza, Hildália Fernandes, Jarid Arraes, Lilian Rocha, Mari Vieira, Raquel Almeida e Simone Ricco.

Margeando esse conjunto, delineia-se um espelho multifacetado, plural e mais representativo da nossa diversidade autoral nacional. Autoras da Bahia, Rio de janeiro, Espírito Santo, São Paulo, Ceará, Rio Grande do Sul, Minas Gerais, algumas estabelecidas na literatura brasileira contemporânea, outras inaugurando aqui a partilha de sua escrita literária.

Pelo corpus que agrega em seus dois volumes, a Antologia *Olhos de Azeviche: contos e crônicas* soma grandes forças ao exercício de renovação da literatura brasileira. *Renovar*: palavra precisa para pontuar essa desejada circulação de ares: uma renovação sustentada em "passos que vem de longe"[2]. Textualidades que articulam *gênero* e *raça* como lugar de enunciação têm a pujança de renovar a literatura nacional, justamente porque inscrevem o *olhar* que não espelha o mesmo ovo chocando sob o mesmo sol dos colonizadores de outrora.

---

[2] Termo é de autoria de Jurema Werneck.

A escrita do cotidiano, do amor, da solidão, do tempo, da dor, do erótico, da ancestralidade, da metafísica, da infância, do carnaval, da morte, do desejo, da coragem de mudar de rumo, insurge no corpo-voz de suas autoras, por mais que preexista um *corpus* canônico que sempre a negou. Por isso mesmo, a Antologia fortalece a fratura do uníssono de vozes (masculinas, brancas, das classes dominantes) que majoritariamente narram a literatura brasileira.

A inscrição autoral do corpo negro no discurso literário funda novas sintaxes, porque tangencia a ficcionalização da experiência de sujeitos que estiveram por muito tempo exclusos da ordem discursiva – escritos nela como meros objetos da pena limitada de outros. Novas sintaxes, de vozes *desemparedadas*, propondo outras perspectivas de ver o humano, a sociedade e o próprio umbigo disperso no mundo – capaz de tecer uma política das suas próprias potências.

São 20 contos e mundos a mais, cada qual alinhavando um ponto de acesso. As narrativas nos levam a uma estrada cognitiva de muitos enredos. A porta de entrada é uma prosa com força poética de uma autora estreante, Aidil Araújo Lima, cujas linhas desenham uma Iansã cotidiana: quantas mulheres-fênix você já conheceu na vida? Da mesma autora, somos levados ao enredo de uma mulher madura experimentando um amor inesperado, linda como a inesquecível personagem Maria dos Prazeres, de Gabriel Garcia Marques. Eliane Alves Cruz, grandiosa romancista, mergulha a narrativa curta nas reflexões à beira da morte... ou seria à beira da vida? A vida é a própria matéria-prima de seu contado, e, depois, uma pontada de fantástico, necessária para escrever a gravidez, a menina, a recomposição com a infância e tudo que nela é trauma. Elisa Lucinda revive uma história ouvida, dessas que oxigenam o passado, nos trazendo uma personagem que poderia pertencer à falange dourada de Chica da Silva: mulheres que transformaram seus enredos virando a maré a seu favor. Passeando na roda, Jarid Arraes compõe suas narrativas com o vigor da escrita madura, capaz de nos transportar para um jovem coração quebrado e seus dilúvios: angústias de um adolescente gay e suas descobertas de si. Depois, a autora nos celebra com um conto queer, em que não é tão simples saber se quem protagoniza é menino ou menina – qual Liniker cantando: "deixa eu bagunçar você", a narrativa nos surpreende. A masculinidade e os seus muros e entraves é palco da reflexão do conto de Mari Vieira, colocando o trauma e a violência sob análise pelo prisma de que, em uma sociedade patriarcal, todos possuem subjetividades fraturadas. Subindo a ladeira enquanto reflete, a personagem de Raquel Almeida perscruta seus próprios sentimentos e as dificuldades e possibilidades do amor – essa chave de mil portas na experiência histórica de pessoas negras. Subindo o morro, ela revê o tempero do tempo e da vida, e se permite receber surpresas.

    Entre esses e outros contos, este livro percorre as vias de um mundo cheio de curvas, nuances, problemas, banzos, correntezas, pensamentos. *Olhos de azeviche II*, vias de afeto. Novos olhares. O que este olhar diz de seus espelhos? O que diz de nós? Do tempo que vivemos? Lava, lacrimeja os olhos. Dilata as pupilas. Amplia as miras.

Boa leitura!

Cor de fogo

Aidil Araújo Lima

A alegria da mulher foi sumindo dentro do corpo a olhos vistos, até desaparecer inteira. Uma tristeza estranha se esparramou como água em sua alma. Alguns diziam ser castigo por descumprir promessa. O marido desconversava essa invenção de preceitos. Procurou motivo nas ideias, e teve uma certeza: a alegria de viver da mulher foi arrancada no parto em hospital da cidade. Deitaram sua florzinha em cama estranha, a menina amuada na barriga, tão sem nascer e já com medo do mundo. O médico mexeu com a mão por dentro de sua intimidade e puxou Maria Aparecida. Ela ficou assim acabrunhada e nunca mais voltou para antes, foi-se entrando em si mesma, até sumir lá dentro. Os outros nasceram em casa, na cama cheia de lembranças; agarrava-se às recordações, fazia força e a gente via a cabeça, fazia outra força e ele vinha completo. Ela pegava o filho no peito e sorria, já esquecida da dor. Passados os dias de respeito, ela se afogueava. Cedo embalava as crianças com voz de ninar, depois vinha com o corpo ardente, fazia um cafuné para acabar meu cansaço e despertar o desejo. Logo, logo, eu já estava tinindo no ponto. Ela sempre queria mais. Tinha dias que eu dizia: mulher... Assim não aguento, desse jeito tu vais me matar. E agora parece que virou freira, não posso nem encostar um dedo, que faz cara de ofensa. Imagina se encosto outras coisas... A casa parece uma igreja, só falta o altar. Para distrair a raiva, falava com o vento. O vento, já cansado de tanto lamento, soprou-lhe no ouvido uns conselhos. Que comprasse um vestido vermelho, cor de fogo que acende a vida apagada. Saiu desalentado pela rua, viu um vestido vermelho na vitrine, se mostrando, provocando o juízo, comprou com seu último recurso. Deitou nos braços cansados da mulher o presente. Com gestos amolecidos, ela abriu a caixa. Seus olhos, quando viram o vestido, brilharam que nem relâmpago, seu corpo tremeu como já havia quase esquecido. Ele sorriu em gozo pensado. Rapidamente, colocou o presente no corpo e dançou. Num rodopio, chamou o vento que se espalhou por toda parte, chamando muita gente. Chegaram por todos os lados, trazendo ofertas de comidas e bebida quente. Vieram tocadores com os atabaques. O céu mandou seus raios e relâmpagos para a celebração. Nesse dia, sua voz voltou a cantar para embalar as crianças. Desentristeceu-se. Era madrugada, um grito rasga o silêncio.

Coisas ausentes

Aidil Araújo Lima

 Sentada no galho da mangueira, corpo calado no tronco, Antônia procura na memória lembranças de alegria. Aquilo sempre lhe socorria quando a tristeza vinha. De tanto usar esse alento, ele foi se gastando, ou se abrigando, como palavra escrita ao vento, largada no tempo, sem ter pensamento que alcance. Subiu mais uns galhos até sentir a força do vento no rosto; se esperançou na volta das lembranças de enxotar desalento. Sentiu um aperto na emoção.

 Como se espremesse o resto da lembrança, a clareza anuncia a vinda do Natal. Do alto vê pessoas correndo, árvore plástica na mão, cara de espanto. Desistiu de entender a expressão dos outros, evoca os casamentos já idos, nenhuma palavra, nenhum gesto, nada ficou. Tanto tempo, pensou, a vida levou tudo. Os filhos estão dentro do peito, não se esquece, eles é que não tinham mais tempo para visita, telefonema; muito ocupados... Uma folha cai no colo, se vê mais nova, filhos pequenos, acordando cedo para preparar o lanche da escola, fresco, ensinando o dever de casa, correndo no parque, segurando a bicicleta, gargalhando com os primeiros passos, a festa das mães na escola quando eles declamaram um verso que fizeram; a lágrima escapulida, as mãos limpando rápido para não borrar a emoção. Quando deu acordo de si, estava em casa, no quarto, revirando roupas num desejo insano de se ver bonita como no dia das mães, da emoção sentida ao ouvir os versos.

Acordou cedo, nem tomou café, saiu e se precipitou em meio aos passos desesperados. Comprou árvore de Natal plástica, peru, passas; já estava voltando quando lembrou os presentes; largou as compras com conhecido, comprou presente para filhos, netos, nora. Riu, por isso viu de lá de cima da mangueira, aquelas expressões estranhas, cara de quem faz contas, imaginando se o dinheiro vai dar. Preparou a ceia, correu para se arrumar. O batom, tanto tempo sem uso, ainda fez efeito. *E se entendi errado a mensagem da folha?*, pensou meio aflita. Esperou, esperou, bateram à porta; o coração acelerou; era Jorge, um vizinho amigo de infância. Foi dar um recado dos filhos. Não poderiam vir, estavam em viagem de férias, mandaram um abraço para ela. Antônia ainda tinha esperança de que os seus chegassem; convidou o vizinho para entrar. Ele disse que passaria o Natal sozinho e não tinha preparado ceia. Ela se deu conta, sem nenhum alarde, de que os seus também não viriam. Conversaram e riram do destino. Saíram para admirar a noite de lua cheia. Dançou sob a mangueira, uma folha cai em suas mãos. Riem como tempos atrás.

A passagem

Eliana Alves Cruz

Deitada no leito acolchoado, de olhos cerrados e presa a um tubo, Carolina dos Reis refletia sobre sua vida até aquele momento. Poderia ter acabado com tudo muito antes de se ver recostada naquele local quente, apenas aguardando pela hora derradeira, numa ansiedade sem fim e imaginando, afinal, como tudo terminaria e como seria "a passagem". O filme que desenrolava diante de seus olhos mostrava a realidade sem enfeites. Era preciso enfrentar a verdade. Era o momento da carne crua. Pensava no corpo nu e no leito que a oprimia cada dia mais. Um incômodo crescente, mas ao qual ia se adaptando, pois não tinha outro jeito.

Não conseguia distinguir muito bem o que diziam, mas ouvia um barulho intenso ao seu redor. Pensou que finalmente poderia descansar e ter paz quando chegasse a hora. Entre todos os sons ao seu redor, um se destacava: o da voz de sua mãe, Antônia, que já estava no outro lado da vida. Como seria, afinal, a outra face da existência? Escutava a mãe chamar com suavidade, *Minha filhinha,* e cantar músicas doces. Canções ancestrais. Também a ouvia chorar em suas angústias por ter carregado, durante a vida inteira, o mundo nos ombros, suportando julgamentos.

Não conseguia mover-se e a sonda incomodava. Queria mudar de posição. *Até que enfim inclinaram a cama!,* pensou. Estava em uma posição mais cômoda, mas... as vozes do além não a deixavam descansar. Uma delas pensou ser de Orlando. Teria ele vindo fazer uma visita? Teria essa coragem? *Homens são seres nada confiáveis,* pensava, *Vou tratar de me prevenir contra eles no outro mundo,* refletia com um sorriso irônico.

Sentia o corpo com a pele fina e enrugada. A vida era mesmo cruel. A mente entrou num turbilhão e começou a recapitular algumas passagens contadas pela mãe, em suas confissões quando estavam sós, sempre com uma ponta de amargura. Tinha tantas coisas para falar e para perguntar quando finalmente a encontrasse no além... Crescera assim, ouvindo que precisava ter o dobro dos ombros das outras. *Mas que outras?,* perguntava-se. Não seriam todas fêmeas a habitar o mesmo planeta inacabado? Não, não seriam todas as mesmas fêmeas, dos mesmos machos. Cedo entendeu dona Antônia, mas queria não apenas falar. Queria encontrar a mãe e dar o abraço que no momento não podiam trocar. Sorriria para ela e lhe daria ternura. Alegraria seus dias e juntas ficariam para sempre neste novo mundo.

Dona Antônia – em um tempo que agora lhe parecia distante na eternidade, quando ela ainda era bem pequenininha –, sentou-se com ela na frente de um espelho e a fez compreender que essa cor da terra que a cobria dos pés à cabeça era toda a sua beleza e seria toda a sua luta de vida. Recebeu da mãe a força e as informações de que precisava para ao menos começar a nova jornada, mas com o carinho que vinha de sua voz aveludada.

Carolina então prometera, de forma silenciosa, que lutaria por um novo mundo, onde a existência fosse menos dura para elas.

Sentia-se estranha naquela cama que se tornava mais incômoda a cada dia. A cabeça não parava. Decidiu encarar a espera não como uma tortura, mas como a chance que lhe davam para examinar o texto do que vivera até ali. Saberia em breve se outra vida realmente existia, e não queria errar. Ter esta chance seria muita generosidade do Criador. E, afinal, como seria Ele? Esperava que fosse uma Criadora, que fosse uma Deusa. Muitas vezes duvidou, embora a voz de sua mãe viesse lhe dizer que Deus a amava. Como poderia acreditar em sua existência se desde cedo aprendeu que umas e uns têm mais direitos que outras e outros? Sabia que a linda igualdade era uma ilusão que se derramava pelos papéis e discursos, mas nunca pelas vidas de carne e osso.

Ouvia pessoas apontando rancores. Gostavam de colocar palavras em sua boca e pensamentos em sua cabeça. Chegou a se engasgar com tantas coisas que lhe empurravam pela goela, que nem abrir direito podia naquelas condições. Finalmente regurgitaria tudo aquilo e se sentiria leve. Esta passagem lhe pareceria bem mais penosa se não tivesse entendido que precisava dizer o que achava que devia e a quem era de direito. Em alguns casos, indo às últimas consequências. Dona Antônia a ensinara que era preciso aprender a guerrear com a palavra.

Fechou os olhos. Já havia passado em revista quase tudo o que aprendera. Por último lhe veio outra vez Orlando, no quadro mental. Também escutava sua voz vinda do além. Entenderia finalmente por que a abandonara tão cedo. Estiveram juntos no início de tudo, e quando finalmente chegara o momento de comemorar algumas vitórias, ele a abandonara. Escutava as vozes do mundo, sabia que a solidão era algo comum entre elas. Passou muito tempo a se perguntar, afinal, se teria feito de errado. Qual a sua participação naquela dor toda. Não chegou a uma conclusão muito segura, embora soubesse que sua digital também estava lá, naquela ferida que jamais cicatrizava. Chorava baixinho no acolchoado de sua cama. Nem chorar direito podia, com aquele tubo atrapalhando!

Sua mãe aparecia falando em perdão, e ela sentia culpa por não conseguir. Culpa... era duro se desfazer de toda essa bagagem. Queria ter uma nova chance com Orlando. Sentia que o meio da jornada poderia ter sido completamente diverso. Haveria outra vida? A respiração pesava. Queria se livrar daquele tubo! Subitamente o coração parecia explodir. Sentia como se a cama inteira se movesse. Estaria indo para o céu? Teria ele o nome de céu, paraíso ou orum? Não importava. Era ela, a morte. Chegara a hora.

Teve muito medo e se encolheu. Ouviu ainda mais vozes a sua volta. Seria a mãe Antônia? Seria Orlando? Seriam os médicos? O coração explodia. O sangue afluía para o cérebro. Um gelo lhe percorreu a espinha, e sentiu, de uma vez, todos os órgãos do corpo. Teve a consciência de cada um. Desistiu de lutar. Desistiu de não se entregar. Soltou o corpo. Mergulhou no nada... no completo nada.

Um silêncio do mundo se fez em seus ouvidos. Mas ainda estava lá. Havia consciência, mas nunca em sua longa vida havia ouvido tanto silêncio. Uma tênue luz rompeu aquele imenso universo de "coisa nenhuma". Uma ardência nos pulmões a fez gritar e chorar.

Então era isso o que havia do outro lado! Sentiu mãos quentes a amparando e a voz tão conhecida e amada. Cortaram-lhe o cordão. Seus olhos embaçados de lágrimas miravam a pele tão negra e aveludada da mãe Antônia. Queria perguntar a ela sobre o pai, Orlando, mas preferiu lhe sugar o seio e ser o bebê tão aguardado. Sim, teria outra chance.

Amnésia

Eliana Alves Cruz

Benício... ou seria Bruna? Jussara estava nesta tarefa de pensar no sexo da criança e no tanto que ela e o marido Pablo estudaram e trabalharam para chegar até ali. Quando a campainha tocou, estava com tudo organizado. Ela e o marido, Pablo, finalmente haviam terminado todos os preparativos para uma viagem sonhada há muitos anos. Estavam casados, bem empregados, conceituados em suas profissões e moravam em um dos melhores bairros da cidade. Ambos estavam na casa dos 30 e alguma coisa e esperavam o primeiro filho, que também era o primeiro sobrinho, neto, afilhado... A família cobrava, os amigos cobravam, os colegas de trabalho cobravam, eles mesmos se cobravam. Chegara o momento de aumentar a família. Escreveu em sua rede social: *Sentindo-se maravilhosa*. Pensou em pôr um ponto de interrogação ao final da frase, mas duvidou de seus motivos para duvidar.

A campainha soou outra vez. Devia ser a moça que entrevistaria para babá de Benício... ou seria Bruna? Absorta em seus pensamentos e sentimentos secretos dúbios sobre a maternidade, mas na obrigação de "sentir-se maravilhosa", abriu a porta displicentemente, ainda com os olhos postos nas informações sobre lugares e lojas que visitaria na América do Norte. Apenas sentiu o ar lhe faltar quando levantou os olhos para a moça que estava de pé aguardando um convite para entrar.

Sua boca enrijeceu, suas pernas e mãos amoleceram, deixando cair o aparelho que segurava; as pupilas se arregalaram e o sangue parecia ter congelado dentro das veias, pois ali, parada diante dela, estava ela mesma... aos 12 anos de idade.

Não era alguém parecida. Não era uma miragem. Era ela mesma em pouca carne, muito osso, cabelo sem alisamento e despida de roupas de grife. A menina sorriu e entrou calmamente sem ser convidada, com a naturalidade de alguém da casa, tão íntima que dispensava formalidades.

Minutos antes de encontrar com a criança que era ela mesma, Jussara refletia que haviam planejado aquela viagem para comemorar – Benício... ou seria Bruna? – e ao mesmo tempo aproveitar os últimos momentos em que seriam apenas ela e o marido. Comentários em sua rede social: *Em breve você saberá o que é nunca mais ir ao banheiro sem alguém te esperando do lado de fora!* Risadas acompanhavam as reações ao comentário.

Compelida a responder alguma coisa, disse: *A realidade mudará de forma radical, mas para melhor!* Outra vez veio aquela vontade de trocar exclamação por interrogação. Um medo avançava dentro da executiva tão competente.

Encostada no sofá da sala confortável, acariciava a barriga ainda inexistente e pensava que estava tudo perfeito, exceto por um detalhe: a babá. Trabalhavam muito, diziam. Não teriam tempo, falavam. Criança dá trabalho, revelavam.

Se fosse honesta com seus desejos, estaria rumando para uma praia no Caribe, mas em Miami, diziam as colegas, o enxoval sairia por menos da metade do preço, e comprariam nas melhores lojas. Pegara as dicas mais quentes com outras executivas do trabalho.

— Pense que ele vai crescer. Compre logo muitas coisas de tamanhos maiores. As roupas americanas têm uma qualidade que nem se compara com as coisas daqui. Vão durar demais e vocês vão economizar — disse uma das amigas.

— Os Estados Unidos têm muito produto bom pra cabelo crespo. Já faz um estoque. Vai que... né? — ponderou outra.

Haveria algum produto para crianças..., pensou. *Cabelos muito crespos eram de difícil trato, tomavam tempo e na escola seria um problema*, ponderavam. Jussara modificava a textura do cabelo desde os 12 anos. Cresceu com várias justificativas para as químicas que derretiam seus fios. A mais recente era a que dizia que *O mundo corporativo exige outra imagem. Você não é artista*.

Jussara era tida como uma profissional agressiva e implacável no mundo dos negócios. Sua visão para cenários futuros era muito elogiada. *Para frente! O importante é daqui para frente!*, era seu lema. Ela calculava, antecipava e media. A tudo parecia controlar. Planejaram bem, juntaram dinheiro e desembarcariam com as condições para voltar com a criança vestida pelos próximos quatro anos; usufruiriam de excelente hospedagem e passeios. Com a cabeça recostada em suas almofadas cuidadosamente escolhidas por uma decoradora, estava em um dos seus raros momentos de reflexões acerca do passado. Reparou que, por mais que tentasse preencher algumas lacunas na memória, não conseguia... Poderia alguém apagar desta forma períodos inteiros da própria vida? Sim, lembrava da infância dura, mas... faltava algo.

Ainda estava parada com a porta do apartamento aberta. A pequena Jussara sentou no sofá, no mesmo lugar onde ela estivera deitada, na ponta do assento daquele jeito que parecia que a qualquer momento se levantaria para sair.

— Não vai fechar a porta... Nem a boca? — a garota riu seu sorriso, gesticulou seus gestos e coçou a cabeça do mesmo jeito que até aquele momento ela própria coçava. Levantou o braço para acenar para ela e deixou à mostra a cicatriz ainda muito viva do corte que teve ao manusear uma faca de cozinha naquela idade. Olhou o próprio braço: a cicatriz estava lá, mas era uma fina linha gasta pelo tempo e quase sumida graças a uma plástica que fizera para apagá-la. Isto a deixou ainda mais apavorada.

– Vamos! Entre. Temos muito o que falar e não temos o dia todo.

Jussara obedeceu, automática e trêmula; sentou-se na poltrona em frente à menina, sem conseguir articular palavra. Poderia desmaiar a qualquer momento.

— Por favor, vamos pular esta parte! Qual o seu espanto?

Pense no seu privilégio. Pense em quantas pessoas gostariam de ter uma conversa dessas. Depois de alguns minutos, Jussara parecia ter saído do transe. A menina tinha se levantado para olhar a janela.

— Uma piscina! Sempre quis uma casa com piscina! Nossa... Enriquecemos mesmo! A piscina era do edifício e não se considerava rica. No entanto, para a menina de 12 anos que fora, estavam num palácio.

– E aí? Agora podemos finalmente ir para a praia azul que vimos naquele filme na casa da patroa. Vamos, vamos, vamooos!

A palavra "patroa" destravou sua amnésia. Jussara criança abriu os braços como que para mostrar melhor a roupa surrada maior que o seu número, o cabelo sem os xampus e cremes caros que estavam em seu banheiro moderno; os sapatos com a sola descolando; as unhas "no sabugo" e a pele manchada por alguma verminose. Lembranças soterradas em algum buraco fundo da mente queriam preencher as lacunas de décadas. O bebê da patroa, *Dou um quarto, comida e uma folga por semana,* o quarto abafado, o medo, o pânico, o pavor, *Ela vai estudar, Vou cuidar de sua filha, será praticamente da família,* a comida não repartida igual, as proibições, *Vamos alisar esse cabelo! Tenha uma aparência decente!, Toma este jaleco branco novo,* o bebê crescendo, a menina crescendo, o seio crescendo, o patrão olhando, as aulas depois do expediente, as provas, a aprovação, a demissão pedida, *Ingrata!, Preguiçosa!, Gente assim não valoriza o que lhe dão, Agora qualquer um quer ser doutor e doutora.*

Subitamente Jussara sentiu aquele gosto de lágrima na garganta. A criança se aproximou dela mesma, acariciou sua cabeça e a colocou no regaço. A infância embalando e confortando a adulta que brincava de esquecer.

— O filho é nosso.

A garota foi até um aparador da sala e parou em frente a um porta-retratos em que ela e Pablo se abraçavam. Imediatamente lhe veio uma imagem que estava no fundo das reminiscências: O bebê doente. A patroa ministrando o remédio e saindo do quarto. A criança ficando roxa. Ela gritando. A patroa voltando. O tapa em seu rosto. O abraço do casal no hospital... Os dedos apontados para ela. Os olhares voltados para ela. Os ódios dirigidos a ela.

— Acalme-se, não foi nossa culpa.

As duas ficaram por um longo tempo de mãos dadas, acessando memórias uma da outra, como velhas amigas que apenas haviam se conhecido de verdade naquela tarde. Jussara mirou a menina, que devolveu o olhar. Desta vez era ela quem indagava.

— Eu quis ser você? Desejei ser o que você é? Sonhei você, Jussara adulta? Sonhei você? Ajude-me a lembrar, por favor! Deixe-me lembrar daquela que eu quis. Deixe-me, deixe-me...

Uma voz gritava seu nome e não era mais a da menina. Era Pablo. Ela levantou do sofá num pulo. Já era noite. Olhou para ele esfregando os olhos. Levantou e foi até o banheiro. Olhou suas olheiras no espelho. *Que sono sentem as grávidas!*, pensou. Olhou seus produtos de beleza na bancada da pia. Marcaria um corte para o dia seguinte. Voltou à sala e olhou o marido.

— Tudo bem? — Quis saber ele.

— Pablo... Acho que não precisamos da babá...

— Não precisamos, querida.

Terminaram a noite refazendo os planos de viagem. Afinal, o mar do Caribe seria uma linda vestimenta para Benício... ou seria Bruna?

O desejo de existir

Elisa Lucinda

Vamos pensar numa paisagem sem horizontes, numa estrada sem possibilidades, sem saídas; um porvir sem esperança. Era essa a peça que o destino havia pregado em Prudência. Mas não. Com ela não seria assim. Chega. O passado de pertencer a outros, a vida de ser mercadoria transportada em trágicos negreiros pelo Atlântico, tudo isso tinha que ficar para trás.

Hilário, seu patrão, a havia chamado para pôr na mesa suas intenções e desejos. Diante disso, Prudência caminha pelo grande corredor da casa de fazenda, sobre o piso de madeira corrida, o sol entrando cor de poente como uma luz que a acompanha. Estava no interior de um latifúndio de perder de vista.

Ali na fazenda quase não havia castigo, vale dizer. E caso castigo houvesse, era prudente que Hilário não soubesse; era um homem bom, apesar de branco. Prudência respondia ao chamado do seu senhor. Levava no corpo, sob a roupa, o frescor do banho de rio tomado na mesma tarde, toda nua, firme e reluzente.

— Queria falar com vosmecê, Prudência. Não tive filhos, vosmecê sabe. Não me casei, vosmecê também sabe. Por isso, o que desejo ainda em vida é fazer o que eu puder pelos que me ajudaram a construir este império. Os que me ajudam a triunfar. Portanto, quero realizar desejos teus. Escolha dois presentes.

Prudência olhou firme em seus olhos, e não pensou muito:

— Do senhor, quero duas coisas. A primeira delas, terras. Quem possui a terra possui o homem que mora nela, e não quero mais pertencer a ninguém.

Hilário ficou calado. Em seguida, sorriu levemente e disse:

— Até aqui, não pensamos diferente. Quero te dar, Prudência, para vosmecê e para os seus, um bom bocado desses hectares todos meus. Até depois do rio, até beirar a cerca do coronel Bartolomeu. Tudo assinado, tudo seu.

Prudência sorriu:

— Acho que nem vou estranhar. Desde que me entendo por gente, labuto nessas terras. Parece até que o senhor está me dando o que é meu. Mesmo assim, sinto gratidão, o senhor compreendeu?

— Deixe de prosa, mulher, e me diga logo a segunda coisa que vosmecê quer.

— O senhor pode rir de mim, se quiser, mas preciso pedir

algo diferente. É um desejo que só interessa à gente. Não serve para outro tipo de bicho.

— Prudência, estou ficando curioso. É um pedido ou um segredo que vosmecê esconde?

— Não, seu Hilário, vosmecê vai me entender: o que desejo é um sobrenome.

— Sobrenome? Tudo bem! Serve Silva, Cruz, Gomes?

Prudência ficou calada.

— Escolha, mulher. Fale algo!

— Já escolhi: Fidalgo.

— Fidalgo? Mas Fidalgo não é nome de gente, Prudência. É uma atribuição, uma categoria da nobreza, como Conde, Visconde. Vosmecê entende?

— Entendo, mas não aceito. Entendo, mas não concordo. Se quer dizer realeza, é comigo mesmo, é com a mamãe aqui! Se é isso o que quer dizer, o nome é meu por direito. Escravizaram mãos, escravizaram pés, acorrentaram o corpo todo, mas ninguém tira de nós a fidalguia de berço, ninguém tira o ancestral cantado de boca em boca, que no livro da história ninguém contou. Já vi muito rei, já vi muito príncipe morrendo no tronco. Sua realeza ninguém matou.

— Pois bem. A partir de agora seu nome será Prudência Fidalgo. Não deves nada a ninguém, nem dinheiro nem favor.

Prudência abraçou o senhor no silêncio da tarde. Era um homem que gostaria muito de ter nascido mulher. Um homem que passou a vida sem poder ser o que realmente é. Seu Hilário, divertido, alegre e sempre apaixonado por outro homem, escondido do mundo. Sempre atormentado, ocupado em esconder sua natureza. Esse era o seu vazio. Sua tristeza. O preço de ser da alta sociedade.

Sob a última luz do poente, Prudência transita como rainha completa pelo mesmo corredor por onde passara há pouco, deixando para trás a porta pela qual havia entrado quando não tinha nem sobrenome, nem terra, nem nada. Quando era o vazio.

* História livremente inspirada na tataravó da cineasta Sabrina Fidalgo.

Vida ateliê

Elisa Lucinda

    Pouca gente se dá conta, mas estamos preparando, sem pensar e aos poucos sem saber e sempre, a nossa máscara da velhice.
    Estamos durante a vida, desde meninos, esculpindo talhe a talhe a forma da escultura na qual teremos resultado. Estamos preparando a mostra, a vernissage do nosso rosto definitivo. Seremos, no desfecho, a cara com a linha da coroa e vice-versa; nosso avesso lá estará, no hidrográfico bordado dos rios do riso e dos rios do sofrimento. Estamos, em nosso caderno de rosto, grafitando nosso mapa. Nossos espasmos e anemias, nossos impulsos e paralisias estarão lá, toda a postura do corpo, toda a

vivência curva da coluna, todo pescoço engessado, todo o medo, todo peito empinado, toda pélvica e espalhada felicidade estará na síntese desse rosto.

Estamos preparando a face que testemunhará o que fizemos de nossas vidas, e com ela dormiremos na eternidade. Estamos, durante a vida, germinando o último espelho. Sem percebermos. Temos pincéis, tintas, milhares de cores, misturas e matizes na palheta, amores, goivas, solventes, dores, telas, formões, aquarelas e lápis nas mãos.

Tecelões do cotidiano, estamos urdindo a trama; estamos tramando o nosso rosto final.

Quem sabe não se revele um traço confinando a boca a um ataúde do "contrariado", aquela boca em "U" invertido para baixo, com os cantos caídos; boca de quem não protestou em verbo e cuja ebulição, zangada e silenciosa, passou para todos apenas como mimo ou mero descontentamento.

Estamos, durante o enredo, desenhando a testa com preocupações, ocupações ócios, diversões ou horas de aconchego. Esculpindo estamos o rosto que será a nossa cara dos capítulos finais, essa cara-identidade, cujo rascunho valeu e cujo ensaio valerá na eternidade do brilho do olhar nossa capacidade de estreia, nossa habilidade em diluir rancores, em transformar dissabores em aprendizado. Tempestades e bonanças ilustram bem a empreitada. Lágrimas só de dor e desgosto vincam com facilidade o rosto, aquele cujo sujeito, dono do corpo, eleja o sacrifício às gargalhadas da alegria vindas do coração. Essas remoçam, coram as bochechas com um *rouge* natural, fazem boas marcas em torno da boca e ainda reforçam o tal brilho do olhar;

já o amor é ótimo pirogravo (essa palavra oportuna e linda!), marca nele sulcos de toda sorte.

Noites e dias de um tempo bem passado também contam na construção do retrato, mas cuidado: fotogênica e triste, a amargura produz vincos fundos, tatuando-se facilmente na estampa de quem não soube chorar de alegria, nos olhos de quem não soube perdoar, no nariz de quem não sentiu o cheiro do amor nos lençóis, nos temperos, na boca de quem nunca pôde dizer bom dia. (Quero para mim uma simpatia generosa pregada no rosto de minha velhice, quero olhos vivos de novidades que sorriam sempre, quero rugas de bons e repetidos gestos de contemplação, indignação, revolução, contentamento. Quero no meu rosto o bom retrato falado de cada vão momento: na cama com amor, na mesa com os filhos, no bar com os amigos, na noite sobre o travesseiro de macela, nas festas com os cúmplices de caminho, nas decisões sensatas de trabalho... tudo isso o rosto fotografa, e quero nele essas fotografias).

Seremos nosso porta-retrato e já estamos portando a tela. Nela estará certamente uma verdade anterior à superestimação dos bisturis periféricos da vaidade, que nada podem contra *o que* se viveu, o *como* se viveu. O que projeta, define e esculpe a face é o que nos cabe diariamente: a gestão dos nossos acontecimentos, a quantidade de natureza que se experimentou, as doses de buzinas urbanas, os saldos de banco, os sonhos e os mugidos atingidos durante a longa jornada. Isso é o que importará, os acontecimentinhos diários, a quantidade de arroz soltinho que se fez durante a lida, o tempero de alho do feijão amoroso, o gozo junto ao companheiro, tudo vai pra conta da cara da velhice, tudo vai pra lá.

Nosso rosto de velhos é o nosso último boletim na escola da vida, e a expressão que tiver, afinal, será nossa obra de arte, nossa prova dos nove, nossa prova real. Com mais porção disso ou daquilo, de atenção ou descaso, será com esse espelho final de vitória ou arraso que desfilaremos sob a ilustre iluminação do ocaso.

Muita trovoada é sinal de pouca chuva

Elizandra Souza

Os provérbios, que a minha vó ficava o tempo todo repetindo, fazem muito sentido. Guardo alguns em minha memória, como "carregar água na peneira" e "dar nó em pingo d'água". Essa sabedoria popular de frases feitas e lugares comuns muito me agrada, acredito que foi isso que me fez ficar atraída por Claus. Ele era descolado, discursava pelos cotovelos, montava e desmontava frases clichês. Manifestações e passeatas em prol da comunidade negra e luta por direitos humanos faziam seus olhos brilharem. Eu também me interessava pelo tema, e me tornei sua ouvinte.

Nos notamos em uma festa. Estávamos em uma roda de conversa quando os demais participantes foram saindo, restando apenas nós dois. Claus comentou que eu estava muito bonita:

— Ziana, vamos combinar de beber algo?

Concordei que não seria uma má ideia. Era um homem que fazia o meu tipo: preto, alto, bom de prosa e inteligente.

Muitas luas se passaram até que marcamos de nos reencontrar. Fui até sua casa, ele foi muito receptivo e me ofereceu um licor de jenipapo. A conversa caminhava para algo mais íntimo quando ele me interrompeu:

— Ziana, independente do que acontecer aqui, eu não quero compromisso.

Prontamente, eu respondi:

— Não me lembro de tê-lo pedido em casamento.

Claus ficou um pouco sem graça. Começou a me beijar e, como eu não estava disposta ao atrito, me guiei pelo desejo e pelo calor dos nossos corpos.

Após o *vuco-vuco*, como diz uma amiga, fiquei por pouco tempo na casa dele. Algo que me incomodava ali.

Ele me levou até o ponto de ônibus e fui embora, pensando no que ele falou. Não entendia por que ele tinha certeza de que eu queria algo mais sério, como se nós, mulheres, não pudéssemos ter encontros casuais... Essa certeza hétero irritante ou a supervalorização da própria companhia me incomodava. Nos vimos algumas vezes, sempre em rodas de amigos ou em ações promovidas pelo movimento negro. Mantínhamos a discrição, afinal, não havia nada entre nós.

Depois de um tempo, me esqueci completamente de

sua existência, até que, em uma sexta-feira à noite, ele ligou me convidando para um samba. Devo confessar que nunca fui de samba, acho as melodias bonitas e respeito, mas só...

Como não tinha nada para fazer, resolvi aceitar o convite. E lá fui para o samba. Ele, muito animado, cantava todo o repertório, bebericava sua cerveja e nem me ofereceu um refrigerante. Estranhei o comportamento, mas não precisava nem do dinheiro e nem da oferta dele. Fui molhar as palavras com um copo de vinho desses baratos e bem doces. Claus falava tanto que eu ficava me perguntando como ele não se sufocava. Lembrei de minha vó, "peixe morre pela boca". Como grilo falante, falou, falou... Até que perguntou para onde eu iria após o samba.

— Para casa.

Ele se adiantou e sugeriu que ficássemos em um lugarzinho à vontade, que estendêssemos mais o momento. Pensei que poderia ser interessante dormir agarradinha, me divertir um pouco, transar, gozar. Sou solteira e "a noite é uma criança". Aceitei sem muito rodeio.

Seguimos lado a lado, como dois desconhecidos. Chegamos ao motel sugerido por Claus, que mencionou já ter frequentado o local. A taxa era paga na entrada. Antes que eu me oferecesse, ele foi logo dizendo:

— Vamos dividir, né?

— Claro que sim.

Mas a minha vontade era pagar toda a entrada. "Que deselegante", pensei. Ele poderia ter sido mais gentil. Poderia ter esperado a minha reação, já que eu não admito ser bancada...

Entramos no quarto e, antes de fechar a porta, quando me

virei, Claus já estava em riste e foi me beijando, me abraçando por trás. "Nossa! Pra quem nem pegou na minha mão na rua, este homem parece outro".

Sempre pensei que "quem está na chuva é para se molhar". Entrei no clima e começamos o sexo, mas quando estava a caminho de ficar melhor, ele gozou. Perguntei o que havia acontecido e ele se explicou: "Preta, gozei rápido porque estou cansado, é a primeira vez que isso acontece, deve ser porque eu bebi um pouco, sei lá assim, sobra mais tempo pra gente ir conversando e você também é muito gostosa..."

Sem conseguir responder, fui tomar banho. Quando voltei, ele dormia. E eu, com a adrenalina a milhão, deitei ao seu lado e pensei que era "apenas um descanso para o segundo round". Mas Claus começou a roncar e, naquele momento, agradeci por ser apenas um encontro casual. E assim seguiu boa parte da madrugada. Eu não conseguia dormir, era uma noite fria, com muita trovoada. Ele dormiu com os seus braços presos ao próprio corpo. Tentei desatá-lo, mas ele resmungou e virou para o outro lado.

Não pensei duas vezes, me vesti, fui embora e fiz do provérbio de minha vó um mantra "muita trovoada é sinal de pouca chuva".

O tênis de Obary

Elizandra Souza

Segunda-feira como outra qualquer, e eu estava lá, em cima de uma barraca, esperando que alguém pudesse me levar para casa. Todos os meus iguais já tinham ido embora, só restava eu e o número 36.

Muitas pessoas passavam me olhando, algumas colocavam a mão em cima de mim, me viravam de cabeça para baixo para ver o meu solado, se sou resistente, se sou confortável. Eu só queria ir ao parque e me divertir um pouco. Sentir a grama, a terra, talvez o vento ao pedalar uma bicicleta.

Até que chegou aquela menina pretinha com sua mãe e sua irmã, que experimentou o 36 e disse para a mãe que estava perfeito. E a menina pretinha começou a me esfolar. Ela tentava de tudo que era jeito, nos dois pés, estava suando, afrouxou o cadarço, percebi que seus dedos estavam dobrados, eu não me encaixava perfeitamente nos seus pés. Provavelmente ela era número 34. Então a mãe disse: "Vamos logo, Obary, por que está demorando tanto? Essa menina só me dá trabalho, até para escolher um tênis é essa demora". E foi assim que descobri o nome dela.

Obary respondeu para sua mãe que estava perfeito. Como assim? Ela estava desconfortável. Só eu e ela sabíamos disso. Mas é como se ela tivesse piscado para mim e me pedido segredo. E foi assim que eu, número 33, me encaixei desconfortavelmente ao seu número 34.

No nosso primeiro dia na escola, ela caminhava meio cambaleando e olhando para mim. Seus dedos iam me dilacerando. Ouvi a menina falar para as colegas que estava com tênis novo, o pai havia enviado o dinheiro de São Paulo.

Quando sentou na carteira, tirou um pouco o tênis para descansar os dedos que estavam esmagados dentro de mim. Um colega que não gostava muito dela, então, me raptou e começou a me jogar de um lado para o outro, até que eu caí dentro da lixeira. Obary me recolheu aos prantos ao notar que eu havia me sujado com ketchup de algum lanche que alguém não comeu inteiro.

Na hora do intervalo, ela tentou me limpar com papel higiênico molhado, mas fiquei mais sujo e manchado. As minhas três listas azuis estavam avermelhadas, e o branco já estava empoeirado. As colegas lhe chamaram para brincar de queimada. Ela foi, mas sentiu os dedos latejarem. Já não confiava em me tirar dos pés para aliviar um pouco a dor. Falou que estava cansada. Normalmente, gostava de brincar, mas nem sempre era chamada. Sabia que aquele convite tinha uma razão: eu, seu tênis novo.

Obary começou a ler um livro, mas as lágrimas afogavam suas palavras. Como já não conseguia mais se concentrar, escondeu seu rosto. Quando aquele menino que a perseguia a viu – o mesmo que me jogou na lixeira –, puxou o livro das mãos pretas dela e saiu correndo. Ela foi atrás e eu a ajudei a correr mais rápido. Quando o alcançou, tomou o livro das mãos dele e cuspiu em seus pés.

— Eu te odeio! Nunca mais encoste em mim e nas minhas coisas.

Mas quando ela virou as costas para ir embora, ele a empurrou no chão. Foram levados para a diretoria para que pudessem fazer as pazes, mas Obary não olhava nos olhos dele. Seu olhar se fixava em mim. Ela e o garoto foram suspensos por dois dias. Nestes dias, ela me lavou e me deixou novamente limpo, me colocou para secar ao sol. E como não se usa tênis dentro de casa, ficamos sem sair.

Passados esses dias, lá estávamos eu e Obary indo para a escola. Agora com o uso e a lavagem, os dedos ficaram mais confortáveis e ela já não precisava me tirar dos pés para aliviar a dor.

Os dias foram passando, ela já não me olhava com aquela mesma admiração inicial. Às vezes eu ficava na varanda, porque a mãe dela falava para não me deixar entrar em casa com sujeira da rua. Sabia que ela ainda não tinha outro tênis mais novo.

Lembrei que meus ancestrais sempre falaram que seríamos a base e o alicerce na vida das pessoas, que desfrutaríamos das suas rotinas. Mas quando íamos nos tornando gastos, já não teríamos a mesma importância e logo seríamos substituídos. Falavam também em épocas que quem usava qualquer calçado era considerado uma pessoa livre e bem-sucedida, diferente de agora, que somos usados somente para proteger e aquecer os pés.

O dia hoje está estranho. Parece que Obary não vai à escola. Estou ansioso para ir para a rua, mas preciso esperar que ela venha até mim. Não poder tomar iniciativas, considero uma das coisas ruins. Minha vida é esperar, esperar e esperar...

Finalmente ela está vindo, mas parece diferente. Está me calçando. Acho que vamos sair. Vamos sim. Eu, Obary, sua mãe e sua irmã. "Para onde estamos indo? Não conheço esse caminho. E quem é aquele homem? Nunca o vi por aqui... Ah, deve ser seu pai, de quem ela sente tantas saudades. Parece que ele trouxe São Paulo inteiro".

Vejo os pais de Obary se beijando. As meninas estão felizes, ganharam algo que está dentro de uma caixa enorme. Elas não vão esperar chegar em casa. "Que linda, é uma bicicleta vermelha retrô! Uma bicicleta para duas? Melhor que nada!"

Sua irmã mais velha vai andar primeiro. "Nossa, ela já sabe andar! Quando será que aprendeu?". Agora é a vez de Obary, ela não consegue se equilibrar. Não fosse por mim, se esborracharia no chão.. Ela tá indo, mas é desequilibrada, parece que está bêbada.

— Agora vai... Vai, pedala. Vai, pedala... Eu te ajudo... Vamos... Ai, que vento bom... Nossa... Ela conseguiu... Desvia do carro! Nossa, vai mais rápido! Eita, já estamos chegando na rua em que moramos. Isso, levanta os pés, me deixa suspenso no ar. Me sinto voando. Que delícia viver nos pés de Obary!

Memória das águas profundas

Hildália Fernandes

Olhos distantes, longe, *Alágadá,* Senhora e dona das espadas, mira a Baía de Todos os Santos, o Forte de São Marcelo, onde muitos malês foram duramente castigados. Lembra que é duplamente água: salgada e doce, filha de *Yemọjá* com *Ọ̀ṣun*. Começa a empreender viagem para além mar ou para o fundo deste onde reina *Olókun*. Reconhece que foram elas que lhe trouxeram riqueza, prosperidade, fartura e a gerência numa multinacional. Vencera. Era feita. Era uma *Túndé,* aquela que retorna, da bisa *Ọ̀ṣùpá Dúdú* (Lua Negra), uma preta *yorùbá*. Feiticeira, diziam. Ela sorri.

Demora para encontrar moedas na carteira repleta de

cédulas. Entrega os quinze centavos nas mãos do velho rastafári, Epaminondas, condutor do Elevador Lacerda há mais de duas décadas. Logo se arrepende de não ter comprado um sorvete de fruta azeda na velha Cubana, mangaba com umbu, seu favorito. Coisas da velha e faceira Bahia.

Mesmo podendo realizar a viagem de táxi, não abre mão do velho meio. Esse trajeto acaba a levando, quase sempre e inevitavelmente, por entre os séculos de opressão do Brasil colônia. Quantos naquela época não se lançaram ao mar e mancharam o translado com o èjè, sangue, ancestral, buscando, no fundo do oceano, dignidade?

Enquanto o Elevador Lacerda fecha as portas, os corpos suados se apertam e misturam seus odores. O calor dentro do cubículo é grande. O ruído dos ferros batendo a faz voltar a um tempo longínquo. Começa a lenta descida rumo à nostálgica Cidade Baixa, onde o tempo parece passar mais lento do que de costume e onde a brisa do mar embriaga. Adentra outras dimensões, as de ordem ancestral. Ela passeia tranquila nesses mundos.

Nessa viagem de curtíssima duração, poucos segundos, quase consegue visualizar os seus antepassados, aqueles que outrora se lançaram no fundo dessas águas turvas. Inúmeras indagações despontam: O èmí, hálito divino, já se foi! O que restou, então? E quando não se chega nem mesmo a ir? E quando se fica vagando, sem lugar, sem rumo, sem abrigo, sem morada, sem consolo, sem destino? Para onde foram os que se jogaram no fundo do oceano e o macularam de èjè? Para onde vão? Vão? Ou ficam por lá, submersos, soterrados, junto com sonhos e destinos? Sina do orí? Não consigo deixar de senti-los em cada *bàtá* tocado para o Rei de Òyọ e da justiça. A Ele mesmo os entrego para limpar a minha alma do ódio ancestral que carrego desses colonizadores. A outra face não darei jamais! A guarda não baixarei, como também não baixaram todas as que me antecederam!

As portas do velho elevador se abrem e segue *Alágadá* rumo ao seu destino, com fé em dias melhores e com a certeza de que o seu povo preto nunca andou só. Segue com a crença de que em breve, muito breve, muitas de suas irmãs também hão de vencer.

Transmutação

Hildália Fernandes

Ela colecionava canetas. Poderia acumular qualquer outro objeto, mas só as canetas interessavam. Os cadernos só serviam para justificar a compulsão pelas canetas. Sabia que um dia as usaria em profusão. Então era preciso adquiri-las para que a escrita sobre as irmãs espalhadas e (re)unidas pelas águas diaspóricas estivesse garantida. Para que não deixassem de saber que estivemos por toda parte tramando toda sorte de coisas.

Essa primeira escrita, primogênita tentativa de eternizar as ideias e a história, tinha vindo em sonho. Ou teria sido no momento sempre fértil da vigília, instante que antecede ao sono? Não importa! O que deve ser anunciado é que saiu como necessidade, com urgência e força, na forma de jato, de jorro. Saiu na hora oportuna, ainda que ela considerasse tardia, tamanha era a vontade de colocar para fora todas aquelas histórias amontoadas dentro de si. Impregnada, encruada que andava de histórias suas e, sobretudo, de todas as mulheres negras que a antecederam.

Em frangalhos por dentro, usurpada da vida, só o papel e as suas reminiscências poderiam salvá-la do banzo profundo que a possuía já há algum tempo, assim como fez sucumbir tantas das suas mais velhas. A vida não tinha sido, até então, generosa para com ela.

Mesmo aniquilada na alma, não dava ousadia para que soubessem dessa fragilidade acumulada. Por fora, exibia uma fortaleza intransponível, parecia não lhe faltar dignidade, amor próprio e posse de Si. Fazia disso um exercício diário, até que se transformasse em realidade. Era o esperado e cobrado das mulheres negras desde sempre, e não seria ela aquela que decepcionaria o imaginário e o inconsciente coletivo. Reforçaria mais esse estereótipo para essa corporalidade de mulher negra, por mais exaustivo que fosse esse exercício.

Quando se envolvia com alguém, sempre mulheres incríveis, a sua alma vagava, saía do corpo e viajava por campos de girassóis, sobrevoava oceanos e retornava à Terra Natal, ao seu solo de origem e das bravas e destemidas mulheres que a antecederam. Lá, sim, ela era inteira, completa, se (re)abastecia das suas e com Elas. O *àṣẹ,* força vital, era então recuperado, fortalecido, renovado, para que só assim pudesse retornar, suportar e superar as agruras pelas quais, ininterruptamente, parecia fadada a passar, transpor e, obrigatoriamente, transcender!

Mas seus reais e intensos momentos de êxtase, de gozo pleno, eram com a escrita, quando se sentia segura e aquietada, tempo no qual a sua paz de espírito estava garantida e concretizada.

Tinha se dado alta da terapia que fazia com uma psicóloga branca, FreudLacaniana que detestava Jung, com quem ela gostava de flertar em suas leituras e escritas. Queria, desejava ardentemente, dividir com aquela que parecia uma "bonequinha de louça", mas que era um sargento quando a apertava e espremia em busca das repostas para o clássico e inalcançável "quem sou eu?". Um dia, ela esperava que muito em breve, voltaria a se cuidar, a se deixar ser cuidada. Por ora, desejava ser livre, voar sem destino, a não ser em busca da autorrealização. Sabia que a escrita poderia lhe proporcionar isso.

Um dia ganharia fôlego e coragem suficientes para iniciar ousada e gigantesca empreitada que era a divulgação desse amontoado de histórias e memórias. Era preciso força e determinação para preencher as pilhas de cadernos, blocos de notas e cadernetas que já se acumulavam em seu escritório, lugar da casa de que mais gostava.

Tantas histórias dentro dela! Tanta gente Sua gritando dentro de Si! Era preciso libertá-las para que pudessem voltar e (re)contar as histórias tão dura e longamente silenciadas.

Seu nome, dado por outros que não se encontravam mais neste plano, não tinha importância. Há muito deixou de ter. Tinha criado outro nome e outro mundo, e esses lhe bastavam, os do papel. Nele vivia como desejava, e no momento sempre presente, a não ser nos momentos em que o passado e as lembranças invadiam a mente e lhe obrigavam a correr para o papel antes que se perdessem novamente e para sempre! Ela estava indelevelmente impregnada do ontem, das suas *sista*, de todas as que a antecederam! Até ouviu falar de narrativas futurísticas, de um futuro preto. Achava interessante a possibilidade de criar outros mundos possíveis, ainda que quase sempre caóticos, mas estava muito ocupada, ainda, em recuperar o ontem e documentar o hoje. O acerto de contas e a devida cobrança eram, ainda, necessários e urgentes. Deixaria às gerações mais novas, mais ousadas, a utopia de desenhar tempos ainda por vir. Estava cansada, já caminhara muito.

Ora aqui, ora ali, ora feliz, ora mergulhada no nada que sucede a dor extrema era o desejo, a fantasia que comandava e ela gostava de ser conduzida pela criatividade e em alguns outros momentos pela pretensiosa originalidade.

Vivia de emoção própria e prioritariamente, de momentos de epifania. Alimentava-se e engordava deles. Sim! Por que não? Chamar-se-ia, de agora em diante e para sempre, Epifânia, pois era disso que se tratava a sua existência e lutas diárias por sobrevivência com dignidade, mesmo que em meio aos escombros e soterrada deles, uma epifania.

Escrever era uma tentativa desesperada de encontrar a saída do labirinto e (re) encontrar a sua família ancestral. (Re) adquirir o fio da meada que a levaria de volta a ela própria e àquelas que a antecederam e tanto ensinaram sobre nobreza e idoneidade. A escrita provocava e garantia, quase sempre, o realinho ancestral, a conexão bruscamente interrompida com as suas mães, as Mulheres Pássaros, aquelas de quem não se deve provocar a ira, uma vez que sua cólera é infinita.

Só? Nunca! Ela, agora Epifânia, por tanto tempo sem nome, por não aceitar o imposto, sequer conseguia se lembrar do primeiro que nada dizia sobre a sua pessoa, que nada contava a seu respeito e sobre suas infinitas e múltiplas singularidades, particularidades e complexidades.

Ela, Epifânia, se bastava. Haveria de chegar o dia que autogestaria o seu corpo e a sua existência por inteiro. Queria mais do que o já alcançado, que já era muito! Queria tudo! Desejara buscar, conquistar e alcançar todo o legado produzido por suas antecessoras; compartilhar com suas contemporâneas, sobretudo as que estavam a vivenciar a infância, alvo preferencial do racismo. Estava alcançando o intento. Era preciso tão somente mais algumas canetas para que as epifanias pudessem ser compartilhadas e finalmente realizar a tão sonhada inteireza de Si. A escrita de Si e das suas irmãs era a rota rumo à plenitude. O abẹ̀bẹ̀, a água, mesmo quando turva e revolta, sempre límpida, para beber, se banhar e se ver refletida nas linhas traçadas a partir das tantas canetas acumuladas, pois muitas eram as histórias a serem tecidas e entrelaçadas.

Dentinho meio quebrado

Jarid Arraes

Estou sentado no banco de concreto da quadra e penso no seu dente meio quebrado. Um pedaço mínimo de intimidade que demorei um ano para receber. Uma ausência tão pequena, tão quase já no escuro da boca, e que, por isso, pôde se tornar minha. E nossa.

Hoje eu soube que reprovei por falta. Quando me encontraram, lá perto da outra quadra, a que fica perto do banheiro masculino, já tinham me procurado na sala de aula, no estacionamento, nos corredores. Eu sorri quando vi a coordenadora chegando, sabia que não era notícia boa, nunca era, não pra mim.

Não pra gente. Fui seguindo e sorrindo, reparando em tudo. Avisos pelas paredes, portas bege, bebedouro sujo.

A sala era pequena, cheia de intenções e dedos. Eles te pegam pra matar, mas você sabe que não morro assim. Ouvi o que queriam me falar, escutei sobre todas as evidências dos meus absurdos. Os absurdos, Davi, eles nunca tiveram fim. Você não melhorou. Mesmo depois de tudo que aconteceu. Reprovou o segundo ano, se meteu naquilo tudo, causou uma baderna horrível, Davi. Não vamos nem chamar sua mãe, Davi. Porque não tem mais recuperação, segunda chance. Você tá entendendo, Davi? Eu tô entendendo sim, tô sim. Eu sorri.

Eles ficaram com mais raiva. Me entregaram uma folha com carimbo, assinatura, me disseram que já podia ir. Vim sentar aqui no banco de concreto da quadra. A primeira vez do seu dente, dentro dos meus olhos, em interrogações.

Estou pensando em você, não só no seu dente. Por seis meses, fomos dois excluídos. Mas que alívio foi a exclusão acompanhada. Antes de você, tudo era uma camisa cheia de botões, uma daquelas camisas que um pai veste. Tudo era um quarto pintado de verde floresta. Todas as coisas eram feitas de bustos de homens que se conhece em metal, concreto, talvez mármore? Homens com bustos em praças. Homens com nome e sobrenome endereçando ruas. Eu não entendia nada antes de você.

Nosso banco de concreto me faz pensar no seu cabelo crespo muito baixo, inspirado em algum desses homens que indicam as modas do futebol. Lembro agora, nesse injusto momento, das palavras que saíram tão calmas ao encontro do meu rosto. Davi, isso é normal. Calma. Mas como é normal? Você não entende, você nunca que ia entender, Welligton. Eu exclamando contra você. Você nunca que ia entender. E seus olhos tentando segurar uma risada. Eu entendo sim, Davi, eu também sou. É? É como? Eu nem sei o que é isso, como você é? Bi, Davi. Eu sou bi que nem você.

Bi.

Sexual.

A palavra lenta na minha cabeça.

Não conseguindo correr atrás da sua figura vestida com camiseta do Icasa, bermuda de tactel, chuteira, cabelo raspado, brinco na orelha, corrente de prata, sorriso de canto de boca, todo um rascunho. Mas quando te alcancei, depois do silêncio que nunca vou conseguir recontar, o seu dente quebrado apareceu pela primeira vez.

Como é possível que dois sejam amigos por um ano, comam juntos na escola todos os dias, saiam com garotas, juntos, em tantos finais de semana, falem sobre a família, conversem sobre filmes e compartilhem aqui e ali algumas bandas, mas um dente meio quebrado nunca tenha dito oi? Nem quando você ria de chorar ouvindo Sweet Child O'Mine e eu dançava ridículo.

Olha, mesmo com todo o sofrimento que surgiu, eu agradeço todos os dias pelo sonho que me fez tão angustiado ao ponto de te falar que eu não sabia o que estava acontecendo. O sonho com as garotas da escola que saíam do quarto e deixavam a porta aberta para que dois desconhecidos entrassem e tirassem minha roupa. Só mais um de muitos outros, só mais um motivo, uma dúvida, no meio de uma vida toda, não que seja longa, de momentos em que me apaixonei por outros meninos e não soube dizer que aqueles gostares não eram eu quero ser como ele eu admiro o jeito como ele toca guitarra eu acho que ele é muito inteligente.

E, sabe, é tão fácil perder o fio dessa costura torta. Gostar de Aline, gostar de Fábio. Sonhar meu último sonho, não aguentar os botões, os bustos e gostar de você, Welligton. Welli. Dentinho meio quebrado.

Agora que estou aqui, reprovado por falta, com o ano perdido em dois sentidos diferentes, excluído de tantas formas e sozinho, eu penso nos seus pés cheios de calos e bolhas. Eu lembro de como você voltava do treino, entrava na minha casa dando boa noite pra minha mãe e, depois que fechava a porta do meu quarto, pra gente, claro, jogar videogame, seus pés paravam no meu colo. E, como se minha mãe soubesse, ela trazia a comida com a anunciação vinda de longe toda Davi abre a porta eu tô com a mão ocupada é a janta é o almoço é a merenda vai logo não sou tua paricera. Nós dois soltávamos o beijo.

Eu nunca quis te soltar.

Quando a gente está num cômodo muito pequeno, todo fechado, e as paredes são verde floresta, e tudo é botões e sobrenomes, a gente não quer soltar quem abre um buraco na parede junto com a passagem. Mas você sabe, eu sei, todo mundo que finge não saber também sabe. Não cole a vida de alguém na sua vida.

Welli, você cansou de ter sua carne superbondeada na minha. E tudo bem, hoje tudo bem. Mas estou aqui pensando em tudo que fiz quando senti a dor, a primeira dor que parecia martirizante e que me fez pensar é isso então, minha alma vai escapar pelos meus ouvidos, eu não consigo, eu vou bagunçar tudo. Eu realmente usei essa palavra nos meus pensamentos. Bagunçar.

A coordenadora disse que os absurdos nunca tiveram fim, que mesmo depois de tudo que aconteceu. É verdade, Welli. Mesmo depois que bati na porta da sua casa de madrugada, mesmo depois que falei para sua mãe que você tinha se afastado de mim, mesmo depois que ela pensou que era coisa de amizade e eu forcei ainda mais, até que seu pai entendeu que não era amizade, mesmo depois que você teve que explicar que gostava sim de mulher, mas eu liguei pra sua casa e falei Dona Meire você sabe o que é bissexual, bi-cê-qui-su-a-u, o Welligton gosta de homem também, gosta de mim, bêbado, bêbado, e depois que desabafei com vários colegas de sala, que fingiram entender, mas já eramos excluídos, já desconfiavam, foi só deboche, e você não apareceu mais na escola, eu fiquei sozinho, não assisti mais aula, você sumiu, minha família também soube, também sabe, eu não sei onde você está, eu mal sei onde eu estou.

Estou aqui. No banco de concreto. Nosso banco. Pensando no seu dente meio quebrado, no seu cabelo crespo, na sua camiseta do Icasa, nos seus pés cheio de calos, no seus olhos que riam, na sua risada dançando com *"And if I'd stare too long, I'd probably break down and cry"*.

Uma ausência tão grande.

Mão de jambo

Jarid Arraes

Quando ele me chamou pra conhecer a casa dele pela primeira vez, eu não fui porque queria jogar bila. Uma bila que batia na outra e saía espalhando todas as bilas. Ganhar bila dos outros, encher a sacola de bila, ouvir o barulho das bilas no chão de cimento rachado. Eu só queria jogar bila, então não fui, disse que não ia, depois eu ia, outro dia eu ia. Ele fez que sim com a cabeça, a cara de vergonha, meio sem graça, a cara mexendo.

Era um menino desses que não sabem fazer nada além de ajudar o pai. Pra cima e pra baixo com a corda da burra pendurada no ombro. As chinelas velhas sempre sujas de barro, a camiseta do Flamengo sempre fubazenta. A cara sempre com aquele jeito tão bonzinho. Tão bonzinho, meu deus. Como me doía.

Eu não gostava de Ciço, mas eu achava que o certo mesmo era gostar. Quando eu reparei que ele gostava de mim, que ele vinha sentar na calçada da minha casa, as pernas dois sibitos, os olhos dois bilotos marrons, a boca uma linha meio sorrindo pra mim. Eita que meu coração só me dizia tu tem que gostar dele, ele é tão bonzinho, o bichim, deixa de tu ser ruim, deixa de tu ser assim, olha como ele é, olha como ele vem atrás de tu.

A casa dele era de taipa, a única da rua que era de taipa. Era ele e mais cinco filhos. O irmão João, a irmã Lucinha, a outra era Paula, a outra Marina e o último, mais bebê, era Jorge. Só nome bonito, pelo menos na minha opinião. O pobre, que era mais velho, tinha o nome de Ciço. Cícero. Feito o padre Romão Batista. Promessa é coisa triste, quem paga mesmo é quem não jurou nada. Ninguém sabe qual foi a graça alcançada. Olhando a casa de taipa, que graça que tinha sido? O parto dar certo? Muitas vezes eu penso mesmo que, no meu caso, aqui entre nós, não conte pra ninguém, eu preferia não ter vingado. Ciço vingou muito, era alto. Mais alto que eu uns dois palmos. Ou três. A pele marrom bonita, isso eu achava bonito. E o nariz também, que era afilado, como mainha dizia dos narizes compridos.

Ciço gostava de mim e da calçada da minha casa. A casa dele não tinha calçada. Era terra batida e a casa mais pra dentro do terreno. A porta de madeira, o telhado eu não sei descrever direito. Na primeira vez que ele me chamou pra conhecer, eu não fui. Nem pensei que era feia, só tava ocupada. Depois, por acaso, fui parar lá dentro porque peguei uma briga com João.

Cheguei gritando por Dona Jurema. Ô, Dona Jurema, mãe de João, teu filho é um desgramado, veio pra cima de mim com uma tora de pau, se não fosse eu pegar uma pedra, Dona Jurema, tinha me matado, a senhora imagina se mainha souber? A senhora imagina? E Dona Jurema fumaçando. João no canto da sala, que só depois reparei que era uma sala normal no meio de quatro paredes de taipa. Uma televisão num armário de madeira, dois sofás com estampa feia, uma mesinha de centro, um vilotrol, uma passagem dando pros quartos, que dava pra cozinha, que dava pro quintal. Aí eu quis entrar, quis conhecer, mas Ciço não tava lá pra me convidar.

Depois que a briga foi resolvida, eu fiquei pensando que fazia sentido ele ter me convidado pra ver a casa por dentro. Porque todo mundo pensava que só podia ser tudo caindo os pedaços, mas não era. Tudo era arrumadinho, limpo, com as coisas no lugar que era pra ser. E se ele gostava de mim, minha opinião era a que mais importava daquela rua inteira.

Aí cheguei em Ciço, quando já era de noite, e falei que vi a casa dele por dentro e que gostei da sala. Que o sofá tinha uma estampa estranha, mas era melhor que o da minha casa, que tinha cor de merda. A gente riu junto, andou junto até a budega, sentou debaixo do pé de jambo, ficou catando jambo caído. Um cheiro bom. Ele olhando pra mim, né, com aquela cara. Eu morrendo de pena, me acabando de pena. Disse Ciço eu já vou que mainha tá me esperando. Ele ficou com um jambo na mão, como se fosse me entregar.

Soube dois dias depois que ele tinha viajado com o pai. Trabalhar num sítio. Fui me distrair com bola, com escola, com o menino que, esse sim, era bonito e não me dava pena, mas não tinha a mão de quem me daria uma fruta. Foram duas semanas, três semanas, um mês e aí a casa de taipa começou a ser mexida. Chegou uma carroça com terra, depois saco de cimento, tudo isso que se usa pra construir uma casa. E então a taipa virou tijolo, azulejo cinza, porta de ferro, telha laranja. Bonita, bonita, não era. Era bonita do mesmo jeito que uma casa comum era bonita. Casa que a gente mora porque tem que morar. Até pensei que Dona Jurema tava era melhor do que mainha, porque a casa era dela, não alugada. Então está aí a lição.

Ciço voltou do sítio e de longe eu vi que tava vestido com a farda da escola da rua de cima. Ninguém que prestava estudava lá, mainha dizia, por isso eu estudava longe. Mas Ciço prestava, isso eu sabia com certeza. Também Lucinha, Paula e Marina. João mais ou menos. Mas cada um com sua farda. Vinham correndo na frente de Ciço, as chinelas levantando a terra da rua inteira, assustando um gato, coitado, que só queria dormir escorado num garajau.

Eu dei tchau pra Ciço, ele deu tchau pra mim. Ficou nisso. A mão dele de quem ia me dar um jambo e ficou segurando o jambo. A cara meio boba, a cara boazinha, de quem me convidou pra conhecer a casa de taipa, porque queria que eu fosse junto, e eu não fui, e acabei conhecendo a casa com o irmão com quem eu tinha brigado por causa de bila. Agora a casa era de tijolo. Ir todo dia pra escola dava uma ajuda, mainha disse. A casa se transformou.

Na última vez que eu encontrei Ciço, eu tava na calçada esperando o menino que eu gostava passar. Uma moto desceu com o cano estourando e não escutei quando ele apareceu do meu lado. A cara de bichinho, de bonzinho. Estendeu a mão de jambo. Mas não era fruta, era um pirulito do Zorro. Comprei pra tu.

    Eu sorri pro sorriso dele. Queria sentar debaixo de uma árvore, passar a tarde fazendo de conta que não percebia que gostava de mim, aprendendo a gostar dele até o momento em que gostasse de verdade.

    Mas não deu tempo daquela tristezinha virar uma paixãozinha. Não consegui transformar a dor fina em alguma coisa pela camiseta fubazenta do Flamento. Eu torcia pelo Flamengo. Não deu tempo de nada e eu nem sabia que não ia dar tempo. Ciço me entregou o pirulito do Zorro, deu tchau, os olhos bilotos sorriram mais do que a boca, parecia que se cansava do sol, e partiu na direção da casa de tijolo.

    Foi pro sítio.

Raízes

Lilian Rocha

Era o meu primeiro baile infantil. Estava vestida com uma linda saia havaiana com um colar multicolorido, toda adornada. Pela primeira vez passava batom e um leve *rouge* nas bochechas. Iria com minha irmã mais velha àquele grande clube em que toda a minha família se reunia nos finais de semana.

O clube possuía árvores enormes. Algumas as raízes eram bem visíveis, caules grossos; toda vez que ia até lá, ficava pensando: qual seria o motivo da existência daquelas árvores em seu interior? Árvores geralmente ficam em pátios, nas ruas, nas calçadas, nos parques, mas dentro de um clube... engraçado e curioso.

Um dia minha mãe me explicou o motivo. Ela era sócia desde pequena, meus avós foram sócios e sabiam a importância daquelas árvores; na cultura e religiosidade negra, as árvores são reverenciadas, retratam nossas raízes e lembranças de África. As árvores estavam ali para que não esquecêssemos a nossa origem e nossa Ancestralidade.

Fiquei toda animada, faceira. Era dia de festa, de muita diversão. Cheguei de mãos dadas com minha mãe e com minha irmã. Meu irmão também foi, eu era a caçula. Muitas crianças, cada uma fantasiada de um jeito, muito engraçado, até. Algumas vestidas de soldadinho, de bombeiro, de super-herói, de enfermeira, de havaiana. Muitos índios... o meu irmão foi vestido de índio.

Naquela época o carnaval infantil não era só para as crianças, era um momento de encontro também dos pais. Os adultos iam para se divertir, conversavam, davam gargalhadas, tomavam chope, comiam pasteis e batatinhas fritas. E, claro, dançavam com seus filhos no salão. Mesas lindamente decoradas, o salão todo enfeitado de serpentinas, bandeirolas, máscaras e estandartes dos bloquinhos de carnaval. Confetes pelo chão, depois da guerrinha ou da chuva de confetes pelo piso de madeira lustrosa.

Chegou o momento tão esperado. Ao soar dos instrumentos de sopro... *papapa papapa pa paraparapapa...* começam as marchinhas carnavalescas. Sim, naquela época o som era ao vivo com grande banda, sopros, percussão, guitarra, baixo, teclado e os belos vocais. Todos alvoroçados com o primeiro Grito de Carnaval que ressoava avisando que a festa iria começar. Eu ria, imaginando esse sopro, esse alerta para a motivação de todos presentes. Aos poucos o salão vai sendo invadido, pais com crianças no colo, crianças maiores com as suas mães, crianças maiores de mãos dadas dançando as marchinhas, sambas, sambas enredo. Estava tímida, achava tudo aquilo muito estranho. O pessoal dançando em círculos, um atrás do outro fazendo a volta no salão, era uma grande empolgação ao redor de uma grande circunferência. Todos passavam pelo mesmo ponto em algum momento. Eu ficava olhando. De repente passava o Marquinho, depois o João, até que em um momento me pegaram pela mão e me fizeram entrar naquele redemoinho, naquele vórtex de uma música estrondosa, forte, retumbante, ritmada. Fui girando pelo salão. Como estava descalça – minha fantasia exigia –, cuidava para ninguém pisar nos meus pés. Comecei a entender que, apesar de aquilo ser estranho, também era bem divertido. Mas fiquei um pouco, pois comecei a cansar de girar pelo salão.

Resolvi juntar confetes pelo salão. Juntei-me a crianças menores e começamos a jogar os pedacinhos de papel para o alto em uma grande chuva colorida. Nossos corpos suados ganhavam tons multicoloridos, como mágica.

Que Carnaval! O meu primeiro e da minha saia de havaianas e do meu colar multicolorido. Compreendi o motivo pelo qual os adultos gostavam tanto. Ali estava a nossa gente!

Antes de ir embora, abracei uma árvore cheia de serpentinas. Ela também dançava.

Victoria

Lilian Rocha

 Tarde chuvosa, um céu cinzento, um típico dia para se ficar em casa debaixo das cobertas.
 O celular amigo me olha, não resisto. Passando o dedo pela tela, procuro informações, notícias, músicas, fofocas, desejos, mensagens, sorrisos e tristezas. Paro na tela do aplicativo de vídeos, procuro poesia negra; negritude como foco... olho os títulos e as imagens congeladas, não era bem isso que o procurava. Em certo momento, me deparo com a imagem de um vídeo preto e branco, com uma mulher negra de *black power*, dentes separados, pessoas negras ao seu redor, cada vez mais me chama a atenção... procuro o título: Gritaram-me Negra – Victoria Santa Cruz.

Resolvo assistir ao vídeo, um misto de perplexidade, ansiedade, alegria, vibração. Cada pulsar poético era como um jorrar de bálsamo. Aquela mulher negra, declamando vigorosamente em espanhol, me hipnotizava. Minha mente, alma, corpo tremiam. Eu chorava.

Entrei em um túnel do tempo. Memórias guardadas em meu mais profundo inconsciente começaram a brotar como balas de uma metralhadora. A cada frase do refrão Negra, Negra, Negra, Negra, Negra, imagens e sons vinham à tona.

Confusa, não entendia o que se passava. Como aquela mulher na sua negritude me fez recordar de um certo momento da minha infância? Eu deveria ter uns 8 ou 9 anos de idade, talvez menos. Era comum voltar da escola com os colegas a pé e cada um ia entrando em suas casas; a minha casa ficava cerca de uma quadra e meia da escola. Certo dia, eu já voltava da aula quando se formou um túnel, tipo um cortejo com uns 6 ou 8 alunos da escola.

Eu estava no interior do cortejo, e eles cantavam e gritavam o refrão da música título do filme Xica da Silva:

Xica da, Xica da, Xica da, Xica da Silva, a NEGRA...

Na época o filme fazia grande sucesso, retratava um período colonial em Minas Gerais. Xica da Silva era uma negra sustentada por um senhor de posses, um filme que tinha uma forte carga sensual.

Senti o meu corpo quente, lágrimas começaram a molhar o meu rosto. Queria que o chão se abrisse sob os meus pés. Não entendia o motivo daquela brincadeira, humilhação, desprezo... o que eu teria feito para merecer aquilo?

Alguns colegas mais próximos pediam para os outros que parassem. Não surtiu efeito. O cortejo chegou no portão da minha casa, entrei correndo, corri para os braços de minha mãe.

— O que foi que aconteceu minha filha?

Contei em prantos o fato ocorrido. Ela me abraçou forte, beijou-me, secou minhas lágrimas e falou com olhos úmidos:

— Amanhã irei à escola, não te preocupa, isso não ficará assim.

Olhei para a minha mãe e tive a certeza de que realmente não ficaria. Minha mãe tinha orgulho de ser negra e sempre ensinou aos seus filhos que ser negro era lindo.

O trauma estava criado. Naquele dia percebi que a sociedade nos via com outros olhos, não com os mesmos olhos de minha mãe e de meu pai.

Dormi sobressaltada. Em meio a gritos e deboches, me perguntava por qual motivo não gostavam da minha cor.

Acordamos cedo, minha mãe me preparou para ir à escola e me levou de mãos dadas até a sala de aula. Esperou a professora e aguardou que todos os alunos chegassem, pediu a palavra à professora e falou o quanto era lindo ser negra e que o fato que havia acontecido na manhã anterior merecia desculpas. Olhava para a minha mãe com orgulho, parecia mais alta do que era. Falou lindamente, e meu coração batia forte. Não queria chorar... agora eu sorria, minha mãe me defendeu e os meus colegas pediram desculpas.

O fato ficou em minhas células, em minhas entranhas, no meu porão, no meu mais profundo inconsciente... veio à superfície ao ver o vídeo da Victoria Santa Cruz.

— Por que tanto desprezo?

A recordação de um passado que fingimos não ter nada a ver conosco acaba por naturalizar o racismo estrutural de nossa sociedade. Maquiamos e escondemos as nossas cicatrizes em nossos porões. Nossas crianças são traumatizadas nas primeiras séries da escola.

Percebi que o porão e a chaga ainda estavam abertos aos gritos de Negra Sim, Negra Sou, Negra Sim...

Ao mesmo tempo reencontrei as minhas origens com aquela poeta negra pulsante, ritmada, vigorosa, pés no chão, *black power*, dentes separados assim como os meus. A cada batida de pé ressoava em mim a minha identidade negra ferida, e que ressurgia com mais ímpeto ante o fortalecimento de minha história e minha beleza.

O tornar-se negra é uma conquista pessoal. A menina negra machucada se reencontra com o abraço de proteção da sua raiz-mãe-negra.

Mulheres negras, fortalezas de nossa Ancestralidade, reflexo de nossas lutas e vitórias.

Hoje, toda a vez que declamo Gritaram-me Negra, ressoa em minhas células todas as feridas e todas as curas das gerações passadas e das gerações futuras.

Sou Negra Sim, Negra Sou, Negra Sim, Negra Sou....

Ana Horizonte

Mari Vieira

Ana veio de Horizonte, uma cidadezinha distante, pequena e iluminada por um sol intenso, que obrigava a vida a uma secura brava. Cresceu postada na janela, observando o longe. Do pouco que sabia, recitava a razão do nome do lugarejo, achava bonito. Mas, em segredo, sabia que a linha distante era divisão entre a ausência e a presença ocasional do pai — quando ele vinha, surgia no longe como um espectro que, aos poucos, se materializava em casa... Primeiro o aviso, a ansiedade da mãe, os preparos para a chegada, a alegria da avó e, por fim, a presença dele. Para ela, às vezes, era um estranho, mesmo diante de toda familiaridade.

Quando Ana foi para além da linha, deixou a mãe chorosa e feliz: "Vai, Ana, aqui não tem como viver", dissera, decidida, entre lágrimas. Aqui virou Ana Horizonte porque a patroa quis diferenciá-la da outra Ana. Gostou.

Aos gritos da patroa, Ana voltava a Horizonte por uns segundos antes de atendê-la. Por ela, Ana sentia um misto de pena e medo. Quando estava triste, Ana adivinhava a voz embargada, as lágrimas descendo, e a socorria com doses de uísque.

Há muito aqui chegara... Horizonte virara uma penumbra vermelho-roto; a mãe, uma voz ao telefone; o pai, quase um fiapo na memória.... Um dia, para não morrer de solidão, ajeitou-se com Adelmo, porteiro bom que trabalhava no mesmo prédio. Tiveram, sem muito querer, dois meninos. A casa distante estava inacabada. Na patroa, morava na cozinha, o metro quadrado mais sem horizonte que existia. Mas Ana se conformava, a patroa era das boas, diziam as colegas. Tinha suas esquisitices, mas era boa.

Às vezes bebia de passar mal... Nesses dias, Ana não podia voltar para a casa. Hoje seria assim. Ficava escutando-a tecer suas dores numa voz incompreensível, que Ana fingia entender. Velava o sono da patroa pensando no sono dos meninos, no do companheiro, na casa que seria terminada, na mãe e no pai que esperavam há um tempão para vê-la. Dormindo na patroa, só dormitava e emendava cansaços. Ficava pela afeição esquisita que sentia por ela, por medo de perder o trabalho e pela pena estranha que sentia dela, quando se envergonhava das bebedeiras e a compensava ricamente.

No raiar do dia, Ana, no sofá em que dormia velando a patroa, observava a imensidão do sol e se permitia recompor suas saudades, ensaiar uma volta linda, adivinhando o rosto da mãe, o riso banguela do pai ao ver os netos, declarando, bobamente, cheio de afeição: "Puxou eu... dois pretinhos". Na imensidão da sala vazia, Ana sorria e jurava: "Ano que vem eu vou". Falava com certa agonia — não queria ser um espectro ao longe como fora o pai.

Pensava sobre isso com um riso amargo, enquanto observava, do terraço ajardinado, a vermelhidão que anunciava o dia quente. E, acordada, sonhava rostos e vozes que a faziam seguir: a vozinha dos filhos reclamando para não levantar, o rosto do companheiro que madrugava, a voz da mãe que chamava as galinhas para dar milho, o canto dos galos da vizinhança da roça, a imagem do pai... todos distantes. E fechava os olhos na esperança de que se aproximassem e pudesse tocá-los... Às vezes, o horizonte é só um desejo.

Espinha de peixe

Mari Vieira

Acontecera há dois anos, mas no coração de Paulo contava mais tempo. Foi daqueles instantes que marcam a vida, colocam rugas na face e branqueiam a cabeça. Desde então Paulo vivia na penumbra. Agora, as coisas ensaiavam uma mudança e a vida poderia amanhecer. Há dois dias, depois de meses de insistência, conseguiu que a esposa, Rosa, ainda era sua esposa, aceitasse recebê-lo para conversar. Um meio sorriso apareceu no rosto.

Animado com o encontro, procurou a antiga trançadeira para renovar os dreads. Entrou no salão encolhido, Ana e Rosa eram amigas; "se Ana tocasse no assunto...". Ela o recebeu sem festas, mas falante como sempre, exibindo catálogos, fazendo várias sugestões. Ele não havia pensado em grandes mudanças, mas Ana insistia que Paulo fizesse na lateral da cabeça um peixe que se contorcia no ar como se voasse rumo ao rio. "Fica jovial", jurava. Paulo aceitou. De esguelha, tentava acompanhar o trabalho, mas o que via era a si mesmo à beira do rio de sua infância quarenta anos antes.

Morava perto de um rio repleto de peixes. Tentava contar momentos dessa época, mas Ana mal o ouvia e já enveredava para outro assunto. Acolheu dentro de si as lembranças do menino pescador filho de mãe santa e pai bravo. O pai, que pai tivera? Um homem feroz que não aceitava um olhar que julgasse estranho, uma palavra mal colocada, uma benção que entendia mal pedida. Quaisquer deslizes eram punidos com safanão ou surra. Isso valia para os filhos, a mãe e qualquer um que encontrasse nos seus piores dias.

Ouviu o eco da voz de Ana perguntando pelos pais. "Ainda estão vivos?" "Não, mamãe morreu há pouco tempo e o pai foi assassinado quando eu tinha doze anos". Ana lamentava a morte deles, mas Paulo já não a ouvia, estava longe, sob o sol escaldante, observando os pés pretinhos dentro d`água, sentindo o mundo desabar antes de saber o que o fazia ter prumo. Os puxões de Ana o arrancavam do seu dolorido passado e simultaneamente faziam-no encarar o padecimento dos últimos tempos, enquanto a memória alimentada pelo peixe no cabelo teimava em margear a sua meninice.

Sentia dentro de si um rio caudaloso rompendo barreiras, findando com quarenta anos de contenção. O menino Paulo o encarava. Era um reizinho enraivecido que podia se jogar nas profundezas, prender a respiração até a vida exigir ser vivida e só então voltar à superfície, pronto para matar, quase sempre o pai. Matar o pai, como quisera isso... a lembrança ardia no peito, enquanto o rio exigia ser lágrima. Olhou no espelho, mordeu firmemente os grossos lábios e engoliu, mais uma vez, o choro. Disfarçava, enquanto sentia o corpo-rio buscar afluentes. Aos poucos, a face envelhecida refletida no espelho mergulhava nas angústias dos seus doze anos. E fio a fio, memórias daquele dia fantasmagórico foram se compondo.

O pai chegara enraivecido. Ao vê-lo, a mãe os avisou: "não irritem seu pai". A mãe bondosa dava aos filhos recomendações na esperança de que tateassem falas e gestos, "tenham paciência com seu pai, ele sofre muito no trabalho da fazenda, passa o tempo todo pelo que ninguém devia passar. A vida dele não é fácil, ele é bom, mas é tratado que nem cachorro e perde a cabeça...". Os irmãos escutavam, mas viviam cercados de medo e raiva. Apesar de todo o cuidado da mãe, foi o que Paulo aprendera a sentir pelo pai.

Naquele dia, o pai chegou e encostou a enxada na entrada da cozinha. Os filhos saíram ressabiados, a mãe ficou porque essa era a regra. Ele sentou para tomar café. Achou que estava frio, reclamou. Balbuciando, a mãe se prontificou a fazer outro. Trovejando raiva, o pai gritou: "já devia tá pronto, Rosa", e num átimo jogou a xícara nela. Ela tentou ir para outro lugar. Não deu tempo. Foi agarrada pelo braço. Implorou que o outro parrasse e tentou fugir. Enfurecido, ele a segurou pela cabeça na ânsia de esfregar o rosto dela na fornalha. Esfregou. Estava quente – fogo do café recém feito. Jogou-a na parede, enquanto ela gritava desesperada.

Ele e o irmão viam a cena do corredor: a mãe apanhando, o pai pegando uma panela pesada para espancá-la ainda mais, objetos voando pela cozinha, por fim, armado com a enxada e o irmão com uma panela avançaram para salvar a mãe. O pai feroz os jogou longe. A mãe, já livre, começara a bater também, a casa desabava em gritos. Repentinamente, o pai saiu, atravessou o rio e não voltou.

No mesmo dia, tarde da noite, eles e a mãe estavam apavorados, deitados na mesma cama, sem dormir, quando escutaram a voz de seu Tião: "Ô, comadre... comadre, ô, comadre Rosa, acorda". A mãe levantou amarrando o lenço, enquanto seu Tião não parava de gritar nem para respirar. A mãe abriu a porta com uma lamparina na mão. Seu Tião nem enrolou, foi logo rasgando a notícia, "Romão morreu". Ninguém falou nada, nem eles, nem a mãe; ficaram petrificados. Nunca imaginaram aquilo. Seu Tião continuou: "entrou numa briga com Afonso Cosme lá na venda. Levou uns três tiros, nem adianta socorrer para a cidade, morreu". A palavra ritmava o coração como se o mundo todo se concentrasse nela. Diante do acontecido, só lamentava, "o pai morreu e eu não o matei", foi a única coisa que pensou. Não chorou. Nem ele, nem o irmão, nem a mãe. Ninguém.

No velório, a mãe servia café, resignada. Paulo a olhava e só via a bolha enorme na testa, resultado da ira do pai. Sentia raiva e alívio. Olhava-o no caixão e era sugado por um redemoinho, o pai morto ainda o fazia estremecer de raiva e medo. Não ficou em casa para acompanhar o enterro. Foi para o rio. Sentou-se numa pedra próxima à margem, olhava-se no espelho d`água, o coração palpitava enraivecido sob o eco incessante da própria voz que levaria anos para deixar de ouvir, "ele morreu e eu não o matei". Paralisado pela ira, nem viu que os pés se misturavam aos peixinhos e girinos.

Subitamente, quando o dia já chegava ao fim, ainda com o corpo pesado de raiva, encheu a mão de girinos e peixinhos – estavam tão inocentes no entorno dos seus pés – e os apertou firmemente.

As lágrimas querendo descer, ele mordendo os lábios, repetindo para si mesmo: "nunca vou chorar por ele", enquanto uma gosma viscosa escorria pela mão. Os estalos da floresta lembravam que aquele já fora um lugar de paz, os dedos travados, sentindo esvair a vida daqueles serezinhos. O peixinho fora o último a morrer; esbugalhava os olhinhos, enquanto Paulo estraçalhava seu corpo, encarando-o como quem espera que um monstro abatido se levante. Não chorou. Altivo, limpou a mão no calção e foi encarar o pai no caixão. Chegou tarde.

Na luta pela sobrevivência, aqueles sentimentos foram esquecidos até que, há dois anos, uma raiva fumegante o possuiu. Paulo nem sabia que os sentimentos duravam tanto. Só percebeu que o menino enraivecido ainda estava dentro dele quando sentiu os lábios tremerem e os dedos travarem diante da juíza que o proibira de se aproximar da esposa e dos filhos.

Naquele dia, Paulo estava possuído de ódio e raiva de Rosa, dele mesmo e até dos filhos. Rígido como um poste e com o olhar vazio, ouvia a juíza. Começou a amolecer quando viu de soslaio a mulher em lágrimas – a lembrança da mãe o rasgou por dentro. Olhou diretamente para a filha caçula, que também chorava. Estarrecido, viu-se menino diante pai.

Atordoado e tenso, saiu do tribunal, disfarçando a tristeza em raiva, sabendo que o seu mundo desabara. Agora, confrontando-se no espelho da trançadeira, aliviava-se porque ela comunicava uma pausa depois de horas de trabalho.

Sozinho, olhou-se no espelho, viu marcas de lágrimas no rosto (não sabia quando começaram a cair), enquanto ouvia os rangidos do elevador. Relaxou o corpo, jogou o rosto sobre as mãos e pela primeira vez soube o gosto de uma lágrima, pela primeira vez chorou a morte do pai e pela primeira vez entendeu por que a mãe sempre o perdoava.

Naquele instante, teve consciência que pouco sabia de si, que os discursos ensaiados para a esposa não tinham sentido. Sentiu o rio atravessar o peito e convulsivamente transbordou. Paulo abandonou o salão com os dreads inacabados, desceu as escadas; na rua, o bafo do calor subia do asfalto soprando uma profusão de vozes e gritos desde seus doze anos. Quarenta anos e o menino represado dentro do homem. Quarenta anos para o menino enraivecido sair rasgando a garganta feito uma espinha de peixe.

Chimwala

Raquel Almeida

 Você viu aquela mina na porta do bar?
 Descarada! Bebericando que nem beija-flor em cada copo estendido, sorrindo, se servindo entre o futebol e a cana.
 Viu a sina da menina?
 Abandonada, no mundo de pedras. Disseram que o seu destino era ser puta de porta de bar, e assim foi.
 Você chamou a polícia quando ela começou a gritar?
 Você bateu na porta e pediu pro pai dela parar?
 Você socorreu? Levou pra um hospital?
 Você, como os outros, fechou a janela, trancou a porta e aumentou o volume da televisão, não foi?

Você viu aquela mina na porta do bar?

Dançando sua música imaginária, dando passos descompassados, tropeçando no seu próprio vazio.

Parou em frente ao córrego, ajoelhou, bateu cabeça no asfalto, cantou um canto bêbado e desafinado, saudou Oxum, levantou e dançou em frente ao córrego e a plateia ria, tirava fotos, torcia pra que ela caísse no barranco do rio.

Ela gritou, gritou, e gritou tanto que meus olhos que passeavam pela rua não conseguiram cegar novamente, meus ouvidos não ensurdeceram e de mãos atadas, chorei.

A mina rodou, rodou e no último giro caiu no chão quente e sujo em frente ao bar e ao córrego. Nos beirais, ratos e abutres que outrora a serviam e alisavam seu corpo sujo, esses, entraram no bar e pediram mais uma gelada enquanto esfriava o corpo, o asfalto e a euforia da plateia.

Você soube da mina da porta do bar?

Depois que a polícia chegou, e o SAMU levou, nada mais se viu, se ouviu, ninguém deu um pio.

Latasha

Raquel Almeida

Duas horas da manhã,
Contrariado espero pelo meu amor,
Vou subindo o morro sem alegria,
Esperando que amanheça o dia
Qual será o paradeiro
Daquele que até agora não voltou?
Eu não sei se voltará,
ou se ele me abandonou.
Nelson Cavaquinho.

Era eu, o morro e a falsa promessa de que ele me esperaria lá embaixo, doce ilusão. Eu diante daquela ladeira que parecia ter aumentado junto com meu cansaço, os olhos marejaram, acendi um cigarro e comecei a subir como quem não tem pressa.

Compramos um carro usado, a ideia era que facilitaria o translado e, principalmente, a volta pra casa que sempre era árdua. Nos aventuramos a morar onde não mora ninguém, onde o transporte público só circula onde o asfalto alcança, foi pro terrão. Dependendo do carro, não sobe. O morro que subo pra ir pra casa é grande, inclinado. Pra variar, o morro não é asfaltado, e como havia chovido, estava um lamaçal, com sérios riscos de atolamentos de pé e perda de sapato, modalidade ímpar que todo morador dali disputava em dias de chuva.

Sempre morei em lugar que era mais acessível, condução perto, ruas com o mínimo de asfalto, mas ali tinha sido a aventura de casal apaixonado. Com um carro, por que eu ia me preocupar com dias de chuva? Não precisava ocupar minha mente com essa questão, meu quase companheiro estaria ali sempre pronto pra me buscar, com o sorriso no rosto, um bom samba no radinho. Mas isso foi em outros tempos. Eu ali pensando em tudo isso, e nem estava na metade do morro. Acendo outro cigarro e continuo a caminhada.

Nos primeiros dias morando no morro, íamos a pé. Ele, malandro, estilo Zé Pilintra, me esperava pacientemente pra subirmos juntos, eram enredos de sambas, cenas de filmes, subíamos conversando da vida, de projetos, dos planos futuros... Ah, futuro, se soubéssemos que não adianta construir castelos em pontes sem alicerces, pouparíamos metade de nossas frustrações e quedas.

Pensávamos que um carro adiantaria tudo, ríamos pelos

calos nos pés, e no nosso futuro tinha filhos, alegria. Ele subiria com *a* ou *o* filhote na cacunda, a gente escolheria um samba pra ensinar pra ela ou ele. Sempre subíamos com uma latinha de cerveja nas mãos, ele com uma, eu com outra e mais umas quatro na sacola. Depois de quase meia hora de caminhada, chegávamos em casa e era uma explosão de carinhos, juras de amor; éramos quase dois adolescentes se descobrindo, encontrando a paixão, o sexo, tudo era quente, tudo fervia, o banho, a feitura da comida, a hora de dormir, era tão perfeito que a lembrança de descer o morro na lama, no sol ardente não incomodava, nada estragava aquela sintonia que tínhamos.

Segundo cigarro e estava chegando na metade do morro, eu maldizendo o dia em que decidi me aventurar naquela quase selva, naquele lugar esquecido que não consta em nenhum mapa, maldizendo também quando fui convencida a ceder e resgatar nossa poupança. Ficamos sem um real no bolso, tudo em nome do nosso mini conforto, pequena mordomia. Abri mão de viajar. Queria visitar meus pais em Salvador, mas o carro era urgente, ele dizia.

A primeira briga subindo o morro foi num dia em que ele abusou na bebida e pedia que eu apressasse a subia. Queria ver o jogo do Santos. Foi como se eu estivesse sendo sufocada pela lama do morro; fiquei dias com a marca da sua estupidez. Minha mágoa passou, nos amávamos, e era só uma alteração por conta do álcool.

Fui perdendo a conta das brigas que só aumentaram com a compra do carro que passou a ser a sua parceira. Não tinha mais amor me esperando na volta do trabalho, o amor perdia a hora. Foram muitas as vezes que o amor me encontrou subindo o morro sozinha. O amor não dá garantias, o amor não basta, o amor não é suficiente, o amor nos deixa na corda bamba do mundo. Doar e se despir de alma é um exercício, e como confiar? Já fui tantas vezes linha de frente em decepções amorosas, que me tornei especialista em desilusão. Confiar no amor, às vezes, pode ser um passo para o abismo.

Terceiro cigarro, paro diante da subida pra descansar as pernas. Queria entrar em casa e me desligar; jurei internamente não brigar, não mendigar mais a companhia da carona ou a carona da companhia, sei lá. O *nosso* não existia mais, era dele, só dele o privilégio do possante.

No portão de casa, sinto o cheiro de terra molhada e dos incensos que comprei na Liberdade, meus preciosos incensos. Desjurei ali mesmo, vou brigar sim, além de me deixar subir sozinha e a pé ainda usa meus incensos? Fervilhando de ódio, pensei ser ali o rompimento de tudo que estava sendo construído. Estava magoada, cansada do trabalho, de ter que atender gente atrás de balcão. Cansada de ter paciência com os olhares de desprezo, e não teria paciência em vê-lo sentado fumando sua maconha e disfarçando o cheiro com os meus incensos.

Abri o portão, nem respirei fundo, queria mesmo descarregar minha ira. Falaria tudo: do carro, da espera, das roupas não recolhidas do varal, da toalha molhada na cama, da minha solidão. Requisitaria o carro; queria saber onde ficou o *nosso*.

Meus olhos não enxergavam a porta. Eu queria chorar, mas precisava brigar antes. Abri, atravessei outro mundo e me parti em duas. Eu estava ali. Meus olhos, mesmo turvos, visualizavam tudo. Não queria, mas chorei. Lágrimas pingavam sobre meu peito, tudo aquilo que pensei em dizer fugiu. Virei estátua; minhas palavras, poeira. Não tinha sentidos; mais nada. E eu parada.

Ele me pegou pelo braço, tirou minha bolsa, abriu a palma da mão e enxugou meu rosto. Por fim, me abraçou e meus sentidos voltaram naqueles braços. Sussurrou algo, mas não entendi. Repetiu: *Feliz quatro anos juntos, meu amor, ainda dá tempo de melhorar o que ainda não consegui. Vamos tentar? Te amo.*

Lucinda

Simone Ricco

Expediente encerrado, corria para casa. Pelo caminho, prestava atenção em tudo que pudesse distrair. Caçava rainhas na multidão, admirando suas cabeças coroadas, suas roupas inspiradoras e as *makes* elaboradas que esculpiam máscaras felizes sobre as camadas de problemas que constituem cada um de nós. Com aquele jogo, abastecia a mente de levezas necessárias para iniciar a jornada que a aguardava no lar doce lar.

O "bem-vindo" estrategicamente colocado diante de sua porta expressava o desejo sincero de boa acolhida. Ao vencer as agruras da rua e pisar ali, seu coração batia em compasso de apreensão e gratidão. Abria a porta e aspirava os cheiros da casa, que no passado exibia o ar da graça de Dona Lucinda. No presente, a decoração ganhou toques de desordem justificável. Quando adentrou a sala, seu ruído despertou a fala vinda lá de dentro:

— Mãe, você chegou! Quero descer!

A euforia na voz intimidou seu cansaço. Como não vibrar com a vitalidade daquele chamado? Acomodou as bolsas. E mal teve tempo de conversar com a ajudante, tamanha era a pressão para sair.

Sem demora, cruzaram o pequeno pátio do prédio antigo. Seguiram com passos largos, alternando silêncios e falas. Admirava a agilidade da sua companheira, agora silenciosa, concentrada em chegar ao destino.

Finalmente lá embaixo, mãe e filha foram até o cantinho preferido do pátio. Era um pequeno jardim, cenário de muitas infâncias vividas antes de a tecnologia florescer. Era ali que Dona Lucinda gostava ficar com a filhota. Enquanto esperavam o pai, contava boas histórias e comentava o que via acontecer no mundo; havia nela uma lucidez que a filha ainda guarda na memória.

Em certa altura da vida, várias brincadeiras aconteceram ali. Caso faltasse uma menina da idade da filha, Dona Lucinda assumia o lugar. Na subversão do brincar, a filha experimentava ser mãe. Décadas depois, estavam ali, no mesmo cenário, invertendo os papéis, agora não mais por brincadeira:

— Mãe, achei uma Joaninha! Vou te dar e a senhora não deixa voar. Vó Ana me disse que esse bichinho traz sorte.

Àquela altura ainda era possível ver a sabedoria antiga em meio à confusão mental. Em alguns instantes, boas lembranças regavam o cotidiano adoecido. A ternura abria espaço entre a demência e a ira. Nessas ocasiões, a memória frágil de Dona Lucinda acionava avós, tias e tantas outras mulheres sábias, convocando-as a tomar parte nas prosas atemporais. A lucidez de ontem irrompia em flashes:

— A Tia Alzira diz que quando a joaninha pousa na pessoa, leva as aflições.

A filha abriu um sorriso mais afetuoso e menos aflito. Olhou para as mãos firmes da sua grande criança e viu a preciosidade, linda e super tendência, com sua roupagem de enormes poás pretos sobre a capa laranja. O pequeno símbolo da maternidade foi transferido para suas mãos. Ela, que por força da necessidade, se apropriava da postura maternal, ainda sem muita habilidade para fantasiar, deixou escapar o bichinho.

Brincadeira encerrada. Voltar para casa. Voltar é a séria rotina.

Alvorada

Simone Ricco

Os olhos permaneciam cerrados, sem pegar a visão. Mas as vozes vindas da rua entravam por seus ouvidos inserindo o toque de despertar. Lá fora, pessoas fingiam ou sentiam alegria.

Estava escuro ainda, e pela fresta da janela escorria uma claridade incômoda que ardia os olhos feito o colírio que a mãe pingou uma vez. Ah! Aquela gota de lembrança materna mexeu com ela.

Solange arrastou o corpo para fora da cama e se pôs em movimento. O ritual do esquecimento era comum. Queria esquecer muita coisa, muita culpa ensinada e aprendida no convívio com a mãe. Desde cedo procurou se afastar daquele caminho pesado que levou Dona Diva tão cedo. Caminho e carinho de "pãe", provedora de tudo para a filha, sol da sua vida. Lá fora as vozes subiam o tom. Os moradores expandiam sua vitalidade fora dos 30 metros destinados para cada família do conjunto. Quantas divas havia ali, encarando o trabalho, se virando com sabedoria para que suas crias experimentassem outras alegrias?

Por fora, fortes; por dentro, frágeis. Refrescando a vida com o néctar que brilhava nas mesas de bares. Por vezes fingindo, por vezes sentindo alegria. Quantas não aderiram a este combustível dia a dia? Algumas erraram na dose.

Levanta a cabeça, menina. A mãe sempre dizia. Sem esquecer, segue tentando crescer. Os livros ao lado da cama, a casa por arrumar, o coração bombando no peito, a dureza da vida lá fora.

Lá dentro, a voz da sua filha ecoa. Alvorada na casa habitada por gerações de pretas brasileiras que, como o sol, nascem e se põem, fazendo parte de uma história brasileira que nem sempre as vê.

As autoras

Aidil Araújo Lima nasceu em Cachoeira (BA) em 1958. Publicou individualmente os livros de contos *Mulheres sagradas* (Portuário Ateliê Editorial, 2017), além de *Fio de silêncio*, *Insabas* e *Velado* (edições digitais independentes).

Eliana Alves Cruz nasceu no Rio de Janeiro (RJ) em 1966. Publicou individualmente os romances *O crime do Cais do Valongo* (Malê, 2017), *Água de Barrela* (Malê, 2017), *Nada digo de ti que em ti não vejo* (Pallas, 2020) e o infantil A copa frondosa da árvore (Nandyala, 2019).

Elisa Lucinda nasceu em Cariacica (ES) em 1958. Publicou individualmente os livros de poemas *A Lua que menstrua* (produção independente, 1992), ***Sósia dos sonhos*** (produção independente), *O Semelhante* (Record, 1995), *Eu te amo e suas estreias* (Record, 1999), *A Fúria da Beleza* (Record, 2006), *Vozes guardadas* (Record, 2016); de contos *Contos de vista* (Global, 2005); romances *Fernando Pessoa, o cavaleiro de nada* (Record, 2014), *Livro do avesso, o pensamento de Edite* (Malê, 2019); adaptação teatral *Parem de falar mal da rotina* (Leya, 2010); infantil *A menina transparente* (Salamandra), *A dona da festa* (Record, 2011).

Elizandra Souza nasceu em São Paulo (SP) em 1983. Publicou individualmente os livros *Águas da Cabaça* (Mjiba, 2012) e *Filha do fogo* (Mjiba, 2020).

Hildália Fernandes nasceu em Salvador (BA) em 1971. Publicou no *Diário do Escritor* (Litteris, 2015), na antologia *A matriz da palavra: o negro em prosa e verso* (Litteris, 2015) e nos *Cadernos Negros* (2013 e 2015).

Jarid Arraes nasceu em Juazeiro do Norte (CE) em 1991. Publicou individualmente os livros *As Lendas de Dandara* (De Cultura, 2016), *Heroínas Negras Brasileiras em 15 Cordéis* (Pólen, 2017), *Um buraco com meu nome* (Pólen, 2018) e *Redemoinho em dia quente* (Alfaguara, 2019).

Lilian Rocha nasceu em Porto Alegre (RS) em 1966. Publicou individualmente os livros *A vida pulsa: poesias e reflexões* (Alternativa, 2013), *Negra soul* (Alternativa, 2016), *Menina de tranças* (Taverna, 2018).

Mari Vieira nasceu no Vale do Jequitinhonha (MG) em 1976. Publicou contos nos *Cadernos Negros,* no *Mulherio das Letras Portugal* (Infinita) e em antologias comemorativas do dia Internacional da Mulher, como a *Nenhuma a menos* (Versejar) e o *Movimento Palavras Pretas* (Versejar)

Raquel Almeida nasceu em São Paulo em 1987. Publicou individualmente o livro de poemas *Sagrado sopro* (Elo da Corrente Edições, 2014) e a antologia *Contos de Yõnu* (Elo da Corrente, 2019). Com Soninha M.A.Z.O., lançou o livro de contos, poemas e crônicas *Duas gerações sobrevivendo no gueto* (2008).

Simone Ricco nasceu no Rio de Janeiro (RJ) em 1971. Organizou, ao lado de Moisés Guimarães, a antologia *Vértice: escritas negras* (Malê, 2018), em que também participa como autora.

Fotos:
Aidil Araújo Lima, foto: Letícia Ribeiro e Camila Andrade
Eliana Alves Cruz, foto: Marta Azevedo
Elisa Lucinda, foto: Caio Basílio
Elizandra Souza, foto: Fernando Solidade
Hildália Fernandes, foto: Ismael Silva
Jarid Arraes, foto: divulgação
Lilian Rocha, foto: divulgação
Mari Vieira, foto; divulgação
Raquel Almeida, foto: divulgação
Simone Ricco, foto: Grasiela Araújo

Esta obra foi elaborada em arno pro light 14, impressa na gráfica EXKLUSIVA para a Editora Malê em maio de 2023.